하이힐은 반 뼘의 마법이다

하이힐은 반 뼘의 마법이다

펴낸날	초판 1쇄 2026년 4월 20일

지은이	김근희
펴낸이	서용순
펴낸곳	이지출판

출판등록	1997년 9월 10일
등록번호	제300-2005-156호
주소	03131 서울시 종로구 율곡로6길 36 월드오피스텔 903호
대표전화	02-743-7661 팩스 02-743-7621
이메일	easy7661@naver.com
디자인	김민정
인쇄	ICAN
물류	(주)비앤북스

© 2026 김근희

값 16,000원

ISBN 979-11-5555-284-1 (03810)

하이힐은
반 뼘의 마법이다

김근희 수필집

이지출판

신입 사원 시절 어느 날 직원들을 모아 놓은 자리에서 회사 임원이 물었다.

"여러분은 인생에서 꼭 하고 싶은 것이 무엇입니까?"

몇몇이 꿈에 젖은 표정으로 "세계 일주요!" 하고 외치니 다들 고개를 끄덕였다. 나는 대답을 숨겼다. 책을 내고 싶다고 하면 순식간에 집중될 시선을 감당할 자신이 없어서였다.

튀는 것을 극도로 꺼리는 조직 문화 속에서 정 맞지 않기 위해, 옆도 뒤도 보지 말고 일에만 올인하라는 요구에 얌전히 순응했다. 가끔씩 떠올리는 오랜 꿈은 그림의 떡이었지만 숨통을 틔워 주었다.

꿈은 힘이 있었다. 평범한 단어가 특별하게 느껴지고, 늘 보던 사물에서 새로운 이야기가 들리고, 과거의 체험에서 현재의 실상이 보이는 신기한 경험을 선물해 주었다. 그 특별함이, 새로움이, 신기함이 가시기 전에 얼른 한 자 한 자 옮겨 적지 않고서는 못 배기게 하는 것이었다.

어느 비 오는 날, 우산꽂이 한구석에 간신히 끼어 선 접이식 우산이 바로 옆 장우산이 흘리는 물방울을 고스란히 맞고 있었다. 물끄러미 보다 보니 내 모습이 겹쳐 보였다. 조금 더 있으니 부러진 창에 찔린 채 고통을 감내하며 방패를 사수하는 빈사의 사자상이 떠올랐다. 그 앞에 한참을 서 있던 가장의 숨죽인 흐느낌도 들리는 것 같았다. '그것'의 이야기는 '나'의 이야기였고, 나아가 '그'의 이야기가 되었다. 그런 '우리'의 이야기를 쓰고 싶었다. 어설픈 이해가 아닌 진정한 공감을 하고 싶었다.

글을 쓰기 전 꼭 손을 씻는다. 물기를 닦고 조금 기다려 잔여 습기마저 완전히 말린다. 핸드크림도 바르지 않은 자연 그대로의 손으로 글을 쓴다. 정성을 다하겠다는 다짐이자 독자에 대한 예의다. 그렇게 쓴 글 한 편 한 편이 책 한 권이 되었다.

조심스럽게 첫 책을 낸다. 기쁨보다 두려움이 앞선다. 벅차오를 줄 알았던 가슴이 두근거린다. 그럼에도 행복하다.

2026년 봄

김근희

차례

제4부 출근길에 만난 파랑새

제1부
여자가 머리를 자를 때

하이힐은 반 뼘의 마법이다

"안녕, 하이힐."

작별을 고했다. 당분간 하이힐을 잊어야겠기에 그랬다.

조심성 하나로 둔한 운동 신경을 보완해 왔는데, 어쩌다 그만 발을 헛딛고 만 것이다. 병원 순례의 긴 여정. 의사는 '편한 신발'을 신으라고 신신당부했다.

어린 시절 하이힐은 동경의 대상이었다. 엄마가 머리를 만지고, 곱게 화장을 하고, 멋진 옷을 차려 입으면 다음은 하이힐을 신을 차례였다. 아, 멋진 구두! 정말 예뻤다. 그러다 언젠가 몰래 엄마 구두를 신어 본 적이 있었다. 갑자기 키가 쑥 자란 느낌. 어른이 된 기분. 헐렁한 신발을 발

끝으로 들다시피 하며 걸음을 옮겼다. 어른 흉내는 거기까지였다. 엄마의 호통이 날아왔다.

"다치면 어쩌려고? 빨리 벗지 못해?"

황급히 하이힐에서 내려왔지만 잠시나마 어른들의 세계에 발을 담그고 온 여운은 강하게 남았다. 빨리 어른이 되고 싶었다.

하이힐은 코디의 화룡점정이다. 스무 살이 되어 드디어 '나의' 하이힐을 신었을 때 그 사실을 실감했다. 같은 옷차림이라도 하이힐을 신으면 맵시가 한층 돋보인다는 것도. 하체가 짧아 보일 수 있는 바지를 입어도 높은 굽 위에 올라서는 순간 고민 해결. 치마와 궁합이 맞는 것도 단화보다는 하이힐이다. 다소 무신경한 듯 흔한 차림도 하이힐로 차별화시킬 수 있다. 볼이 넓은 발도 날렵한 구두코에 욱여넣으면 감쪽같다. 세련미를 극대화시키는 가장 효과적인 방법 또한 하이힐을 신는 것이다. 그러니 발뒤꿈치가 까지고, 다리가 아픈 것쯤이야! 패션을 위해서라면, 아니, 아름다움을 위해서라면.

하이힐은 때로는 전투화가 된다! 직장 생활을 시작하면서 매일같이 화장을 하고 정장을 차려입어야 했지만, 신발

만큼은 사무실 안에 들어서면 슬리퍼로 갈아 신었다. 회사 측에서는 청결을 이유로 그렇게 하기를 권했고, 내 입장에서도 근무 시간 내내 꽉 끼는 구두를 신고 갑갑하지 않아도 되니 좋았다.

그러나 하이힐을 꼭 신어야 하는 때도 있었다. 특별한 날이었다. 그 옛날 신하들이 임금을 배알할 때 정성껏 의관을 정제하듯, 상대방에게 예의를 다했다는 표시로 하이힐이 필요한 날이었다. 외부 고객을 만나는 날, 중요한 계약을 성사시켜야 하는 날, 하이힐은 예우의 증표가 되었다. 출발선에서 운동화 끈을 조이듯, 하이힐을 신으며 마음은 언제나 결의에 차 있었다. 그래서였을까? 성과는 언제나 만점. 직장이라는 먹고 먹히는 전쟁터에서 하이힐은 훌륭한 전투화가 되기도 한다.

하이힐은 자신감의 원천이다. 키가 작은 편은 아니지만 나는 종종 하이힐을 신는다. 지름 1센티미터 정도의 가느다란 굽에 50킬로그램의 체중을 싣는 순간은 아찔하다. 아니, 짜릿하다. 발가락과 굽 위에 얹힌 뒤꿈치 사이의 경사. 앞으로 쏠리는 몸. 절로 상체를 곧추세우게 된다. 자신감 있게 편 어깨. 꼿꼿이 쳐든 고개. 일이 뜻대로 풀리지 않아 자꾸 움츠러드는 날, 남 마음이 내 마음 같지 않아 풀죽어 있는 날, 하이힐은 기꺼이 몸을 내어 준다. 밟고 올라서서 당당해지라고.

하이힐은 조화의 미학이다. 매끈한 곡선으로 발을 감싸며 부드럽게 떨어지다가 마침내 고운 구두코로 귀결되는 자태가 염렬하다. 그런가 하면, 뒤꿈치를 받치고 있는 굽은 투박하기 그지없다. 날카로운 직선이 땅을 향해 기운차게 죽 뻗어 있다. 그 무엇도 거리낄 것이 없다는 듯, 거침없는 기세다. 그야말로 유연함과 단호함이 공존하는 형태미. 때로는 이리저리 휘어지는 버들가지처럼 가볍게 걷기도 하고, 때로는 깊숙이 박힌 뿌리처럼 굳건히 제자리를 지키라고 하이힐은 가르친다.

그 무엇보다 하이힐은 반 뼘의 마법이다. 반 뼘 높이밖에 안 되는 굽이지만, 하이힐은 우리의 시야를 넓혀 준다. 아니, 우리 능력의 한계를 넘어 마음의 여유까지 안겨 준다. 굽 높이만큼 더 높은 세상에 진입하면 눈높이가 달라진다. 겨우 반 뼘 높게 올라섰을 뿐인데, 세상이 훨씬 잘 보인다. 조금 전까지 올려다봤던 것을 내려다볼 수 있다. 손이 닿지 않던 것을 단숨에 집을 수도 있다. 까치발을 하며 용쓰지 않아도, 원하는 것을 볼 수도, 손에 넣을 수도 있다. 겨우 몽당연필만 한 굽 덕에 시야는 확장되고, 능력은 확대되고, 마음의 여유 또한 생기는 것이다.

어쩌다 순간의 부주의로 하이힐을 멀리할 수밖에 없게 되다니! 어릴 적 동경은 날아간 지 오래고, 다친 발에 패션은 사치였으며, 전투 또한 무리였다. 불편한 발 때문에 제한된 외출만 하다 보니, 자신감도 점점 줄어드는 것 같았다. 곡선과 직선이 절묘하게 어우러져 있기에 더욱 매력적인 앙상블이 점점 그리워졌다. 올라서면 찾아오는 마법 같은 여유를 만끽하고 싶어졌다.

그렇게 어느덧 반년이 지났다. 문득 신발장 문을 열어 본다. 계절별로 정렬된 하이힐은 한결같은 자세로 날 기다리고 있다. 한 켤레 꺼내 조심스럽게 발을 넣어 본다. 아프지 않다. 몇 걸음 걸어 본다. 괜찮다. 묵묵히 바깥 나들이를 기다렸을 하이힐. 이제 소원을 풀어 줘도 될 것 같다. 하이힐에게 인사를 건넨다.

"안녕, 하이힐!"

작별 인사가 아니다. 이번에는 안부 인사다.

여자가 머리를 자를 때

한국에 사는 외국인들이 가장 무서워하는 음식점은 '할머니 뼈다귀 해장국집'이라는 우스갯소리가 있다. 할머니 '가' 뼈다귀로 해장국을 만드는 집이 아니라, 할머니'의' 뼈다귀로 해장국을 만드는 집으로도 해석되기 때문이다.

외국인들이 무서워하는 말이 또 하나 있다. '머리를 자르다'인데, '머리카락' 자르는 것을 왜 '머리'를 자른다고 표현하느냐는 외국인의 갑작스런 질문에는 순간적으로 대답할 말이 궁하다. '머리를 자르다'라는 말을 듣는 순간 단두대를 떠올리고 사형 집행 장면을 연상할 테니 소스라칠 법도 하다.

이쯤 되면 '머리를 자르다'라는 표현 자체가 잘못된 것이 아니라 그렇게 표현하는 데는 그 나라만의 문화적 배경이 있지 않을까 하는 생각을 하게 된다. 『사자소학』의 다음 글귀가 이 궁금증을 풀 수 있을 것 같다.

"身體髮膚 受之父母 不敢毁傷 孝之始也"

몸과 머리카락, 피부는 모두 부모로부터 받은 것이니 감히 상하게 하지 않는 것이 효의 시작이라는 것이다. 그러니 '머리카락'을 자르는 것이나 '머리'를 자르는 것이나 매한가지라 '머리카락을 자르다'와 '머리를 자르다'를 동일시하게 된 것이 아닌가, 추측해 본다.

세월은 흐르고 시대도 변해 오히려 자르지 않은 머리카락이 수난 당하던 시절도 있었다. 한때는 거리에서 장발을 단속하기도 하고, 학교에서 두발 길이에 제한을 두기도 했다. 머리 자르고 다니라고 훈계하고 야단치는 사람 하나 없는 요즘도, 너나없이 깎고 다듬고 숱을 쳐내느라 미용실은 문전성시니 『사자소학』의 가르침이 무색할 지경이다. 하지만 시절 따라 풍속도 변하는 법. 그저 부모님께 효도하라는 '뜻'만 받들면 되겠다. 효도의 '방법'이야 시대에 따라 변할 수도 있으니까.

'머리를 자르다'라는 표현은 대체로 남자들보다 여자들에게 더 의미심장하게 와닿는다. 유니섹스 시대에 특별히 성별에 따른 머리 모양에 제약이 있을 것도 없지만, 대부분 남자들은 짧은 머리를 하고 있다. 그러니 머리를 자른다고 해 봤자 약간 다듬는 정도라 자르기 전이나 자른 후나 큰 차이가 없다. 하지만 여자들은 다르다. 물론 커트 머리로 보이시한 세련미를 뽐내는 여성들도 있지만, 많은 여성들에게 긴 머리는 여전히 포기할 수 없는 매력 포인트다.

헤어 아이덴티티를 찰랑찰랑 윤이 나는 긴 머리로 정했다면 화초 기르듯 정성을 쏟아야 한다. 모근에서 긴 머리카락 끝까지 영양이 전달되도록 좋은 샴푸를 쓰고, 헤어 로션을 바르고, 때때로 미용실에 들러 전문가의 관리를 받아야 건강한 모발 상태를 유지할 수 있다. 그러니 애써 길러 온 머리를 단숨에 싹둑 잘라내는 경우, 그 의미가 결코 가볍지 않다.

『사자소학』에서는 머리카락을 자르는 것 자체가 불효로 이어지는 일탈이다. 오늘날 여자들이 긴 머리를 자르는 것은 일탈을 꿈꾸는 것일 수도 있고, 일탈을 끝내고자 하는 의지의 표현일 수도 있다. 즉 어떤 심리적 변화로 인해 머리자를 결심을 하게 되고, 이를 통해 이후의 또 다른 변화를 이끌어 내기를 갈망하는 것이다. 그 비장함은 머리를 길러 온 시간 동안 쌓인 물때 같은 불순물을 제거하겠다는 생각의 발로라고나 할까? 단순히 머리카락을 자르는 것이 아니라 머릿속에 있는 지우고 싶은 기억과 과거를 잘라 버리겠다는 의식인 셈이다.

십 년 넘게 빛나는 긴 생머리의 소유자였던 친구가 아기 엄마가 되더니 단발머리로 나타났다. 육아 스트레스로 우울증 걸리겠다 싶을 무렵, 아기를 돌볼 때 걸리적거리는 머리카락이 유독 성가시게 느껴졌다고 했다. 긴 머리를 어쩌지 못해 뒤로 넘기다가 끈으로 묶다가 말아 올리다가 지쳐, 문득 모든 짜증이 긴 머리 탓인 것 같아 과감하게 잘라 버렸다고 했다. 가끔 쇼윈도를 지날 때면 긴 머리 청순 소녀는 온데간데없고 웬 단발머리 아줌마가 서 있어 깜짝깜짝 놀란다지만, 머리가 가벼워져서 그런지 마음도 가뿐해졌다고 했다. 나비 효과라는 것이 정말 있는 것 같다며, 머리 한번 잘랐을 뿐인데 스트레스며 짜증이 줄고, 심리적으로 안정되니 육아에도 좋은 영향을 미치는 것 같다고, 개똥철학이지만 믿어 보라고 했다.

어떤 변화가 있어 머리를 자르고, 그 후에 뒤따르는 긍정적 변화에 솔깃하다. 거창한 심경의 변화도 환경의 변화도 없지만, 괜스레 머리를 자르고 싶다. 어제까지도 아무렇지 않던 긴 머리카락이 갑자기 답답하게 느껴지는 것 자체가 어쩌면 사소한 내적 변화라면 변화일지도 모른다. 내가 인지하지 못한 사이에 인생을 리셋하고 싶은 내 마음 저변의 욕구가 용솟음쳐 잔물방울처럼 떠오른 것일지도.

오랜만에 미용실 의자에 앉아 본다. 미용사의 현란한 가위질에 머리카락이 잘려 나간다. 묵은 각질이 벗겨져 나간 듯, 개운하기까지 하다. 한참 다듬기를 반복하더니 마침내 한 템포 쉬며 어깨에 남은 자잘한 머리카락을 툭툭 털어낸다.

"다 됐습니다. 마음에 드세요?"

상큼한 목소리에 고개를 들어 거울을 본다. 어디서 많이 본 듯한, 그러나 낯선 여자가 나를 보고 있다. 어색함을 감추지 못한 엷은 미소. 왠지 기분이 좋다.

산타의 지각 선물

"울면 안 돼! 울면 안 돼! 산타 할아버지는 우는 아이에겐 선물을 안 주신대!"

크리스마스 캐롤 가사를 진리처럼 믿던 때가 있었다. 누가 착한 아이인지, 나쁜 아이인지 다 알고 계신다는 전지전능한 산타 할아버지한테 잘 보이기 위해 무던히도 애를 썼다. 착한 아이들에게만 주신다는 그 선물을 꼭 받고 싶어서였다. 울지도 않고, 엄마, 아빠 말씀 잘 듣고, 동생들도 잘 돌보고, 친구에게 장난감도 양보하며 내가 할 수 있는 착한 일을 다 했다.

크리스마스 이브 날 밤, 서랍에서 양말을 꺼내 머리맡

에 두고, 꼭 선물을 주십사 하는 기도까지 하고 잠자리에 들었다. 이만하면 나도 착한 아이 축에 들 수는 있을 것 같았다. '설사 착한 일이 조금 부족하다 해도, 기도까지 했으니 선물을 주시겠지.' 하는 기대는 거의 확신에 가까웠다.

드디어 크리스마스 날 아침, 눈을 뜨자마자 머리맡을 살폈다. 선물은 없었다. 혹시 다른 데 선물을 두고 가셨나 싶어 온 방 안을 다 뒤져도 선물 비슷한 것조차 없었다. 실망이 이만저만이 아니었다. 그렇다고 산타 할아버지에게 물어볼 수는 없었다. 대신, 무엇이든 물어봐도 언제나 척척 답해 주는 엄마를 찾았다.

"엄마, 산타 할아버지 선물이 없어. 왜 선물을 안 주셨을까?"

엄마는 다 알고 있었다는 듯 별로 놀라지도 않은 기색이었다.

"어제 오늘 눈이 많이 와서 늦으시는 것 같네."

다행이었다. 내가 나쁜 아이여서 선물을 못 받은 것이 아니라는 안도감이 들었다. 앞이 잘 안 보일 만큼 눈이 많이 왔으니까, 오시는 데 고생하실 산타 할아버지가 걱정

되기도 했다. 그리고 하루 늦더라도 선물을 받을 수 있을 것이라는 희망! 그날 밤에는 산타 할아버지께 넘어지지 않게 조심해서 오시라는 기도를 드리고 잠이 들었다.

일어나자마자 선물을 찾았다. 하지만 이번에도 선물은 없었다.

'눈도 얼추 그쳤는데, 왜 선물 주러 안 오신 것일까?'

걱정과 실망! 엄마에게 달려갔다.

"엄마, 오늘도 선물이 없어."

"아, 서울 아이들부터 주고 오시느라 아직 못 오셨나 보다. 여기까지 오시려면 서울보다는 오래 걸리겠지?"

이번에도 엄마의 답은 명쾌했다. 당시 우리는 서울에서 멀리 떨어진 지방에 살고 있었기에 엄마의 말은 일리가 있었다. 이미 선물을 받았을 서울 아이들이 부러웠지만 어쩔 수 없는 일이었다.

그다음 날에도 선물은 없었다. 그래도 산타 할아버지에 대한 배신감은 들지 않았다. 잠잘 때나 일어날 때, 짜증낼 때, 장난할 때도 모든 것을 알고 계신다는 산타 할아버지가 실수를 할 리는 없을 테니까.

'서울에서 여기까지 오시는 데 오래 걸리나 보다.'

이번에는 엄마에게 묻지 않고 혼자 결론을 내고 하루 더 기다려 보기로 했다. 눈도 그치고 날도 포근해져서 나가 놀아도 된다는 허락을 받고는 밖으로 나가 아이들을 불러냈다. 한창 재미나게 놀던 중에 친구 한 명이 산타 할아버지에게 받은 선물 자랑을 하는 것이 아닌가? 자기는 미미 인형을 받았고, 남동생은 조립식 로봇을 받았다는 것이었다. 또 다른 친구는 공주님 치마를 받았다고 자랑했다. 놀라운 일이었다. 이럴 수가! 눈이 많이 오고, 서울부터 들르느라 산타 할아버지가 아직 못 오신 게 아니었던가? 바로 집으로 왔다. 그리고 따지듯 엄마에게 물었다.

"엄마, 지영이는 산타 할아버지한테 미미 인형 선물 받았고, 효정이는 공주님 치마 받았대. 산타 할아버지 아직 못 오셨는데 걔들은 어떻게 받았어? 그 애들만 착한 아이고, 나는 나쁜 아이야? 나도 착한 일 많이 했는데…, 난 나쁜 아이 아닌데…."

울먹거리는 나를 보는 엄마의 얼굴에 잠시 당황하는 기색이 스쳤다. 하지만 곧 침착하게 대답했다.

"사실은… 원래 산타 할아버지는 교회 다니는 애들한테만 선물을 주시는 거야. 너 교회 다니니?"

할 말이 없었다. 우리 집은 불교 집안이고, 나는 태어나서 한 번도 교회에 가 본 적이 없었다. 그러고 보니 선물을 받은 지영이와 효정이는 교회에 다니는 아이들이었다. 너무 아쉬웠지만, 선물에 대한 기대를 포기해야 했다.

그런데 다음 날 아침, 기적이 일어났다. 머리맡에 선물이 놓여 있는 것이었다. 예쁜 동화책과 산타 할아버지가 직접 써 주신 카드까지! 환호성을 지르며 엄마에게 자랑했다.

"엄마, 나 산타 할아버지한테 선물 받았어! 여기 봐 봐! 카드도 써 주셨어!"

"그래그래, 네가 착한 아이라서 특별히 산타 할아버지가 선물을 주셨나 봐."

교회도 안 다니는 나를 산타 할아버지가 특별히 챙겨 주셨다니, 앞으로 더 착한 아이가 되어야겠다고 결심했다.

그때 받은 산타 할아버지의 자필 카드는 엄마의 필체와 많이 닮아 있었다. 선물로 받은 동화책은 엄마가 산타 할아버지에게 미리 귀띔이라도 했는지, 평소 내가 꼭 갖고 싶어하던 것이었다.

　빠듯한 살림에 우리 집 산타에게는 선물을 챙길 만한 여유가 없었던 것 같다. 내가 산타의 존재를 몰랐을 때는 그냥 넘어가다가, 갑자기 선물을 기대하니 곤란했을 것이다. 그래서 산타 할아버지가 왜 선물을 안 주셨는지 아침마다 묻는 내 질문을 이런저런 말로 넘기려고 했던 것 같다. 결국 내가 나쁜 아이라서 선물을 못 받은 것이냐며 자책하는 모습에, 엄마는 계획에도 없던 지출을 하게 되었지 싶다. 혹여 내가 마음을 다칠까 봐 큰맘 먹고 과용했을 우리 집 산타! 해마다 크리스마스가 돌아오면 그해 산타가 두고 간 동화책이 떠오르곤 한다.

겉바속촉

‘겉바속촉!’

겉은 바삭바삭하고 속은 촉촉하다니, 튀김에 대한 최고의 찬사다. 치킨집 광고에 저 문구가 붙기라도 하면 치킨은 더 이상 요리가 아니다. 요물이다. 술과 안주를 보면 맹세도 잊는다고 했던가? 먹음직스레 튀겨진 닭다리를 ‘바사삭!’ 소리와 함께 한입 베어 무는 장면을 보고서, 굳게 맹세한 다이어트가 물거품이 되고 만 적이 한두 번이 아니다.

신발도 튀기면 맛있다는 말이 있듯이, 튀김은 어지간하면 다 맛있고, 보기만 해도 식욕을 자극하니 다이어트의 주적이라 해도 과언이 아니다. 그런데 튀김이 만들어지는 과정을 보고 있으면, 그 원망하고 탓하던 마음이 조금은 약해진다.

새우 한 마리가 가녀린 몸매로 밀가루 한 겹 달랑 걸치고 끓는 기름에 투신한다. 지은 죄도 없이 기름지옥과도 같은 곳에 떨어졌지만, 억울해하지도 않는다. 왜냐하면, 이미 죽은 목숨, 고통이 어디 있겠는가. 하지만 그 하는 양을 보면 마치 살아 있는 듯하다. 뜨거운 고통을 마다하지 않고 오히려 정면으로 맞닥뜨려 받아들이고는, 수양이라도 하듯 지긋이 견디는 수행자 같으니 말이다. 평범한 재료가 훌륭한 요리로 변신하는 것, 보통 일이 아니다. 이 과정을 거치고 나서야 비로소 '새우'는 '새우튀김'이 된다.

막 건져 올린 튀김은 바로 먹어 줘야만 한다. '겉바속촉'의 경지에 올라 튀김의 본질을 지켜 낸 그의 공로에 대한 치하다. 무심하게 놔두었다가 세포 사이사이로 공기가 들어가 눅눅해지기라도 하면 어쩔 것인가? 오직 먹는 사람의 즐거움을 위해 살신성인한 그를 가상히 여겨야 한다. 목숨 바쳐 바삭하게 변모한 그간의 노력이 헛되지 않게 말이다.

겉과 속이 달라 매력적인 것이 어디 튀김뿐인가? 빵 몇 가지도 그렇다. 바게트, 캉파뉴 같은 빵들은 먹는 이들을 꽤 고생시킨다. 오죽하면 초기 프랑스 유학생들 사이에서 "바게트를 입천장이 벗겨지지 않고 먹을 수 있을 때쯤이면 유학 생활은 끝난다."라는 말이 돌았을까?

바게트를 처음 먹었을 때가 생각난다. 요즘은 빵집에서 알아서 해 주는 '커팅 서비스'가 그때는 흔치 않았다. 막 구워져 나온 원형 그대로의 튼실한 모습은 위풍당당하기까지 했다. '손으로 잘 뜯으면 되겠지.' 하고 덤볐다가 대번에 오산임을 깨달았다. 대체 무엇을 숨겼길래 이토록 단단히 철갑을 둘렀는지, 꼭 알아내고야 말겠다는 오기가 생겼다. 작은 손으로 딱딱한 껍질을 잡고 씨름한 끝에 마침내 속이 드러났다. 속에 든 것은 달콤한 잼도, 크림도 아니었다. 별맛도 없는 속살에 실망하고는 한동안 바게트를 외면했었다.

지금은 바게트를 좋아한다. 담백한 맛과 기교 부리지 않은 투박함이 마음에 든다. 무엇보다도 겉과 속이 다른 것이 이 빵의 매력이다. 딱딱한 껍질을 뜯어 부드러운 속살을 맛보노라면 난공불락의 요새를 정복한 장군이 승리의 만찬을 즐기는 기분마저 드니 말이다.

'겉바속촉'을 신조로 삼는 튀김과 바게트가 사람으로 태어난다면 그 또한 매력적일 것 같다. 바로 '외강내유'의 전형일 테니까 말이다. 학교 앞 분식집 아주머니가 그랬다. 말수가 적고 무뚝뚝해서 화난 사람처럼 보였다. 그래도 음식은 맛있다고 소문이 나서 가게 안은 늘 북적거렸다. 나도 몇 번 가 보았지만, 갈 때마다 불친절한 주인아주머니 때문에 주눅이 들곤 해서 한동안 가지 않았다. 그러다 지독한 감기에 걸린 어느 날 문득 그 집 매운 떡볶이가 먹고 싶었다. 가게에 들어서니 빈 테이블이 4인용밖에 없었다. 혼자 차지하기엔 미안하다 싶어 망설이는데, 아주머니 목소리가 들렸다.

"뭐 해? 거기 앉아!"

손님에게 자리를 권하는 건지, 호통을 치는 건지 분간도 하기 전에, 아주머니의 카리스마에 밀려 의자에 앉았다. 널찍한 테이블에 혼자 앉아 달랑 1인분만 시켜도 될까 걱정하던 차에, 아주머니가 물었다. '손님이 더 오시나요? 무엇을 주문하시겠어요?'가 아니었다. 단 한마디였다.

"뭐?"

"저기… 저 혼잔데요, 떡볶이 1인분만…."

아주머니는 내 말이 끝나기도 전에 고개만 끄덕하고 는 주방으로 가 버렸다. 잠시 뒤 떡볶이가 나왔고, 콧물을 훌쩍이며 먹고 있었다. 그런데 갑자기 아주머니가 다시 오 더니 "서비스야!" 하며 웬 그릇 하나를 툭 놓고 가 버리는 것이 아닌가. 어묵꼬치가 든 뜨끈한 국물이었다. 목으로 넘 어가는 국물의 온기가 더없이 고맙게 느껴졌다. 그건 '겉바 속촉'한 그녀의 온기였다. 그날 이후 나는 단골이 되었다.

'겉바속촉'. 사람에 대한 찬사이기도 하다. 그러고 보 면 겉 다르고 속 다르다는 말이 꼭 나쁜 의미로만 쓰여 야 하는지도 의문이다. 반전의 매력을 가졌다는 좋은 의 미 또한 포함되어야 하는 것 아닐까? 다정한 진심을 쉽 게 드러내지 않는 사람이 있다. 차가운 겉모습만 보고 지레 피하거나 관계를 끊어 버린다면 귀중한 보석을 놓 치고 마는 격이 된다. 시간을 두고 찬찬히 보아야 한다. 서두르지 않고 천천히 친해져야 한다. 그러다 숨겨져 있 던 따뜻한 속마음이 겉으로 배어나기 시작할 때쯤, 그 진심을 볼 수 있는 것이다. 아무에게나 함부로 보여 주 지 않기에 더 귀하고 값진 보석 같은!

말을 삼키다

"젊은 분들한테는 공감을 못 얻었을 수도 있을 것 같아요. 늙은 사람이 하는 얘기라…."

문화센터에서 심리학 강의를 마친 노교수의 말씀이었다. 나는 곧바로 '아니에요, 교수님! 저는 정말 재밌게 들었어요!'라고 말하려다가 그만두었다. '저는 교수님보다 젊지만 교수님 말씀에 공감할 정도로 이번 강의가 좋았습니다.'라는 것이 내 본의였지만, 본의 아니게 그가 스스로를 '늙은 사람'이라 한 것에 동조하며, 동시에 상대적인 나의 '젊음'을 과시(?)하는 모양이 될까 봐서였다. 물론 그분과 나이 차이가 꽤 나는 것은 사실이지만, 그걸 굳이 부각시키는 무례를 저지르고 싶지는 않았다.

아닌 게 아니라, 그날 강의는 참 재미있었다. 심오한 학문 이야기에 자신의 경험담을 섞어 유머러스하게 풀어 냈으니, 그야말로 명강의였다. 걱정 섞인 그의 말에, '저는 재미있었어요.'라고 한마디만 했어도 그를 안심시킬 수 있었는데, 그 말을 못했다. 시간 가는 줄 모르고 쏙 빠져들 정도였으니, 빈말이 아닌 솔직한 소감이었는데도 말이다.

만약 내가 스무 살이었다면, 그냥 말했을 것이다. 누가 봐도 젊은 나이, 십 대를 막 벗어나 갓 성인이 된, '절대적으로' 젊은 나이이기 때문이다. 하지만 '상대적으로' 젊은 나이인 입장에서는 말을 삼킬 수밖에 없었다. '상대적'이라는 것은 비교를 내포하는 것이니 말이다.

나는 종종 말을 삼킨다. 상대방이 잘못 알고 있거나 실수한 부분이 있어도 굳이 말하지 않는다. 시를 사랑하고, 시 중에서도 「추일서정」을 가장 좋아한다는 직장 선배가, "낙엽을 헝가리의 지폐로 표현한 것이 너무 감동적이야."라고 했을 때도, "헝가리가 아니고 폴란드 망명 정부의 지폐인데요!"라고 바로잡아 주지 않았다. 고사성어를 상황에 맞지 않게 쓰는 후배에게도 "그건 이럴 때 쓰는 게 아니야."

하고 지적하지 않았다. 그들이 다음부터 실수하지 않게, 그들을 위해서라도 그 자리에서 바로 말해 주는 것이 좋지 않을까 싶기도 했지만, 무안해할 그들을 생각하면 도저히 말할 수 없었다.

상대방의 마음을 살피는 배려로, 하지 '않고' 삼킨 말은 소화가 잘 돼서 좋다.

문제는, 내 감정을 드러낼 용기가 없어서 하지 '못하고' 삼킨 말이다. 할 말은 해야 한다는 걸 알면서도 마음이 약해서, 겁이 많아서 못할 때가 있었다. 혹여 트러블 생길까 봐, 괜히 분위기 깰까 봐, 불편해도 참고 불쾌해도 참았다. '좋은 게 좋은 거'라고, 내가 눈 한번 딱 감고 말 한번 꿀꺽 삼켜서 아무 일도 일어나지 않았으니 그걸로 됐다 싶다가도, 찜찜함을 지울 수 없었다.

또 내 입장을 밝히고 내 주장을 펼쳐야 할 때, 그러지 못하고 참은 못난 내 모습을 떠올리며 머리를 흔들어 대곤 했다. 억지로 삼켜 버린 말은 소화가 잘 안 되었다. 되새김질해서 곱씹고 또 곱씹어 봐도 내내 속에 얹혀 있었다. 다시 게워 내어 씹다가 지쳐 마음 어딘가에 붙여 두고, 꽤 시간이 지나 어디 붙여 두었는지도 잊을 때쯤, 서서히

삭아 가는 것이었다.

하지 '않은' 말과 하지 '못한' 말, 둘 다 삼킨 말이지만 그 차이는 컸다. 전자는 삼키길 잘했다. '가지 않은 길'에는 회한이 남는다지만, '하지 않은 말'에는 미련이 남지 않았다. 후자는 삼킨 걸 후회했다. 두고두고 께름칙한 기억으로 남아, 바보 같았던 그때의 나를 야단치게 했다. 그럴 때 위안이 되는 생각은, 그래도 삼켰어야 했을 말을 삼키지 않은 것보다는 낫다는 것이었다.

가끔 말을 삼켜야 할지 말아야 할지 판단이 서지 않는 경우가 있다. 그럴 때는 그냥 삼켜 버린다. 순간적인 판단 착오로 뱉어 버린 말을 영영 수습하지 못하는 것보다는, 목구멍으로 넘어오려는 말을 속에 가두어 놓고 잠깐 답답해하는 편이 낫기 때문이다.

생각해 보니, 했어야 할 말을 못했더라도 그리 속상해할 필요는 없는 것 같다. 운이 좋으면 언젠가 할 수 있는 기회가 오기도 하고, 시간이 지나면 그냥 잊혀지기도 하니 말이다.

한때는 청산유수 달변가가 되고 싶었다. 재치 만점 재담가가 부러웠다. 지금은 말을 잘하는 것 못지않게 말을 삼키는 것에도 가치를 둔다. 말로 감동을 주고 즐거움을 주는 재능도 좋지만, 말로 상처 주지 않고, 무안 주지 않으려는 배려 또한 값지기 때문이다.

그때가 좋았어

나는 마을버스가 좋다. 아담하니 작은 버스에 옹기종기 앉아 있는 사람들을 보면 왠지 친밀감이 느껴진다. 바로 어제 본 얼굴도 있고, 언젠가 본 듯한 얼굴도 있다.

주민센터 앞 정류장에서 늘 같은 시간에 타는 할머니 세 분이 오늘도 타셨다. 주민자치센터에서 시니어 댄스 강좌를 열었다더니, 그걸 배우러 다니는 분들인 것 같았다.

"아이고, 다리야."

"아이고, 허리야."

"댄스고 뭐고 못하겠어. 아주 죽겠네, 죽겠어."

자리에 앉자마자 누가 먼저랄 것도 없이 입으로는 앓는 소리를 내고 손으로는 여기저기 주무르고 있었지만, 얼굴에는 하나같이 발그레한 생기가 돌았다.

"이번에 우리 손녀가 피아노 대회, 그 뭐라더냐, 아, 콩쿠르에서 상을 탔거든. 상장에 트로피까지 받아 왔는데, 할미가 돼 갖고 가만 있을 수가 있나? 애들 데리고 나가서 맛있는 것 좀 사 줬지. 근데 쬐금 담아 주고는 어찌나 비싸게 받던지, 물가가 너무 올라서 우리나라 큰일이야!"

한 할머니가 여전히 다리를 꾹꾹 주무르며 말했다. 나라 걱정으로 마무리했지만, 누가 들어도 손녀 자랑이었다. 한번 '자랑 물꼬'가 트이자, 옆에 계신 할머니 두 분도 질세라 자랑을 늘어놓기 시작했다.

"우리 손자는 이번에 반장 됐어. 걔는 별로 안 하고 싶었다는데, 아 글쎄, 몰표가 나왔다지 뭐야. 그러니 어째, 해야지. 하긴, 걔가 성격이 워낙 좋아서 친구들한테 인기가 많은가 봐."

"우리 손자는 얼마 전에 담임 선생님이 슬쩍 부르더니, 교복 모델 해 볼 생각 없냐고 하더래. 내 손자라서가 아니라, 참 잘생기긴 했지. 어릴 때도 데리고 나가면 다들 한마디씩 했어. 어린애가 어찌 그리 인물이 훤하냐고. 아, 신생아실에 있을 때도 갓 태어난 아기가 눈도 크고, 코도

오똑한 거 처음 본다면서 간호사들이 놀라더라니까. 그나 저나 어쩌지? 걔는 하기 싫은 눈치던데.”

자식 자랑은 5천 원, 손주 자랑은 만 원 내고 하라는 우스갯소리도 있는데, 멍석 깔린 김에 공짜 자랑 기회를 놓치고 싶지 않은 것 같았다. 자랑에 가속도가 붙자, 체면치레로 덧붙였던 푸념이나 걱정은 싹 빼 버리고 알맹이만 꺼내 놓았다. 자랑 방식이 대담해질수록 내용은 소소해졌다. 강아지 간식을 잘 챙겨 준다느니, 신발 정리를 잘한다느니, 인사하는 모습이 예쁘다느니 하는 자랑이었다. 하는 대로 다 들어주는 ‘자랑 들어주기 품앗이’가 계속되었다. 급기야 아들 자랑까지 슬쩍 얹어 만오천 원어치 자랑을 한꺼번에 늘어놓았다.

“걔 공부 잘하는 거, 아빠 머리 물려받아서 그런 게지.”

“걔가 벌써 태권도 검은띠잖아. 지 애비도 어릴 때부터 운동은 못하는 게 없었어.”

“걔가 아빠 체격을 빼다박았어. 몸집도 우람하니 듬직한데다 반에서 키도 제일 크대. 학년 초엔 애들이 선생님인 줄 알고 인사까지 하더래.”

자랑 보따리를 한바탕 풀어놓고 나니, 아파서 죽겠다던

다리도 허리도 다 나은 것 같았다.

"우리 점심은 뭐 먹을까?"

"전에 갔던 거기 가자. 왜 있잖아, 잡채 잘하는 집. 거기 점심 특선 어때?"

한 할머니가 의견을 내자, 만장일치로 점심 메뉴가 결정되었다.

"잡채 얘기하니까 말인데, 예전에는 동네 여자들 모이면 잡채를 한 다라이씩 해서 먹었지. 그땐 참 맛있었는데."

'다라이'라면 엄마가 김장할 때나 어린 동생들 목욕시킬 때 쓰던 빨간 고무 대야였다. 그 '다라이'에 잡채를 담았다고? 그 많은 걸 다 먹었다고? 옛 기억이라 정확하지 않은 것인지, 그만큼 맛있었다는 것을 강조하려고 과장을 한 것인지는 모르지만, 어쨌든 할머니는 이야기를 이어 갔다.

"요새 잡채는 맛이 없어. 하긴, 그렇게 쪼끔씩들 하는데, 맛이 제대로 날 리가 있어? 며느리가 내온 거 보니까, 글쎄, 요만큼이야, 요만큼."

손을 최대한 오므려 가며 '요만큼'을 강조하자, 옆 할머니들이 너도나도 맞장구를 쳤다.

"맞아. 요즘 여자들 살림하는 거, 우리 때에 비하면 소꿉

장난이지.”

“그러게 말이야. 아니, 요새 젊은 애들은 뭐가 그렇게 힘들어? 조금만 일해도 힘드네 어쩌네 엄살이고! 아이고, 옛날에 비하면 요새 살림은 일도 아니다, 아니야!”

며느리가 들으면 질겁할 말을, 그래서 며느리 앞에선 차마 꺼내지도 못하고 속으로 삼켰을 말을 또래 친구들 앞에서는 원 없이 풀어놓는 것 같았다.

문득 얼마 전 친구와 나눴던 이야기가 떠올랐다. 예전에 우리는 도시락 두 개씩 싸 들고 다니며 공부했고, 토요일에도 학교에 갔고, 50명 넘는 아이들이 교실에 보일러도 없이 난로 하나로 겨울을 났다며, 요즘 애들은 참 편해졌다고, 우리가 얼마나 힘든 학창 시절을 보냈는지에 대해 한참 수다를 떨었다. 조카들 앞에서는 꼰대 같다는 소리 들을까 봐 입도 벙긋 못했던 이야기들을, 친구와는 아이스커피 얼음이 다 녹을 때까지 실컷 했다. 속이 다 시원했다. 같은 시절을 공유하며 살아온 이들끼리의 공감은 어느 세대에게나 필요한가 보다.

할머니들이 말하는 ‘소꿉장난하면서 엄살떠는 요즘 여자’가 바로 나이지만, 그렇다고 “우리도 힘들어요!” 하며 대들어선 안 될 것 같았다. '옛날 여자'의 노고를 떠올리니 반성을 안 할 수가 없었기 때문이다. 새벽부터 일어나 점심 반찬, 저녁 반찬 고민해 가며 도시락 두 개를 쌌을 정성은 생각도 않고 늦게까지 공부하고 왔다며 유세 아닌 유세를 했고, 주말도 휴일도 없이 뒷바라지하느라 바쁜 것도 모르고 투정이나 부렸고, 탄불 가느라 잠을 설치는 것도 모르고 따뜻한 방에서 자는 것이 당연한 줄 알았다.

엄마 고생 알아주는 것은 바라지도 않고, 그저 자식들 잘되기만 빌었을 옛날 여자들. 그녀들의 고생담은 듣기 싫은 케케묵은 이야기가 아니었다. 그녀들의 자랑 또한 돈을 받고 들어줘야 할 만큼 참기 힘든 것이 아니었다. 아니, 얼마든지 기꺼이 들어줄 수 있는 이야기였다. 지난 시절, 진실하게 열심히 살았던 대가가 잘 키운 자식이고, 그 자식이 안겨 준 선물이 손주인데, 어찌 자랑스럽지 않겠는가?

"그래도 그때가 좋았어."

긴 담소의 결론이었다. 고단했던 시간들도 재미난 얘깃

거리로 남기는 아량이라니!

차창 밖으로 고등학교가 보였다. 교문 위로 펄럭이는
현수막이 눈에 띄었다.

'먼 훗날 사무치게 그리워할 시간들을 너희는 지나고 있
다.'

그러고 보니 그녀들이 좋았다고 말하는 그때를 나 또한
그리워하고 있었다.

우리가 커 가던 그때, 우리를 키운 그녀들! 같은 시대를
살아온 다른 세대 사람으로서, '우리가 그리워할 수 있는
그때'를 만들어 준 그녀들의 지난날에 경의를 표한다.

'잡채 잘하는 집'에선 또 한바탕 옥시글옥시글 재미나는
이야기판이 벌어질 것 같다.

콜라 마시고 싶은 날

예전에는 콜라, 사이다를 '청량음료'라 했다. 요즘은 '탄산음료'로 부르는데, 아무래도 '청량음료'란 이름이 더 잘 어울리는 것 같다. 갈증으로 바싹 마른 목구멍에도 효과 만점이지만, 머리가 아플 때도, 가슴 답답한 일 있을 때도 한 컵 쭉 들이켜고 나면 맑아지고 시원해지는 느낌이니 말이다.

어릴 때 나는 청량음료 중에서 콜라를 특히 좋아했다. 톡 쏘면서도 달콤한 매력적인 그 맛! 이 맛있는 음료를 엄마는 잘 안 사 주었다. 과자보다 몇 배나 비싸서인지, 건강에 해롭다고 생각해서인지, "그런 거 자꾸 먹으면 이 썩어." 하며 슈퍼마켓 음료수 냉장고에서 눈을 떼지 못하는 나를 잡아끌곤 했다.

그래도 소풍날은 콜라를 마실 수 있었다. 소풍 전날 엄마는 내가 먹고 싶다는 것을 가방에 가득 채워 주었다. 그 중에 콜라 두 병은 한 병만 마시고 나머지 한 병은 남겼다가 집에 가져와서 또 마시면 어찌나 맛있던지.

콜라를 마실 수 있는 날은 또 있었다. 먹은 것이 얹혀서 속이 안 좋을 때면 이웃집 할머니네로 갔다. 한쪽 다리를 약간 저는 할머니는 주로 집에만 계셨지만, 동네에선 유명했다. 바늘 하나로 속병, 뱃병을 다 고치는 분이었으니 그럴 만했다.

엄마 손도 약손이지만, 할머니 바늘도 '약바늘'이었다. 체해서 할머니 댁에 가면 어디선가 바늘을 꺼내 오셨다. 의료 기구(?)를 갖추었으니, 본격적인 치료가 시작되었다. 팔을 꾹꾹 주무르고, 어깨부터 손목까지 슥슥 쓸어내리고는 손가락 끝을 실로 칭칭 감았다. 그러고는 바늘을 들었다. 바늘 끝이 형광등 불빛에 반짝이면 겁부터 났다. 할머니가 바늘을 머리에 긁으시며 "저쪽 보고 있거라." 하면, 나는 고개를 돌리는 것도 모자라 눈을 질끈 감아 버렸다.

"아얏!"

"아유, 아직 찌르지도 않았다. 가만 있거라. 금방 끝난다. 셋까지만 세어 봐."

"하나, 둘…."

셋이 되기도 전에 손가락에선 피가 났다. '바늘 치료'가 끝나면 할머니는 처방약을 일러 주었다.

"집에 가서 콜라 한 병 쭉 마셔라."

할머니 말씀을 근거로 들면서, 나는 엄마에게 당당하게 콜라를 사 달라고 할 수 있었다.

"엄마, 콜라 사 줘! 콜라 먹어야 낫는대!"

"체한 애한테 무슨 콜라를…."

엄마는 말은 그렇게 하면서도, 발길은 약국이 아닌 슈퍼마켓으로 향하고 있었다.

지금 생각하면 비과학적이고 의학적 근거가 부족할 수도 있지만, 나는 할머니식 치료법이 좋았다. 아픈 주사 대신 하나도 안 아프게 찌르는 '바늘 치료'도 좋았고, 무엇보다 처방약이 맘에 들었다. 쓴 약 대신 콜라! 설탕 발린 미세한 알갱이들이 톡톡 튀어 오르며 부딪히는 듯한 짜릿한 자극이 혀끝에서부터 위장까지 내려와 느글거리는 속을 다스려 주었다. 소화가 안 된다는 사람에게 콜라 처방이라니, 전문가들이 들으면 기겁하겠지만 그때 나에겐 딱 맞는 처방이었다. 먹고 싶은 콜라를 먹어서인지, 할머니 말씀대로 나쁜 피가 싹 빠져나가서인지는 모르지만, 체증이 확 내려가는 것은 확실했다.

지금은 체했다고 해서 콜라를 마시진 않는다. 이젠 엄마를 조르지 않아도 내 돈으로 콜라를 상자째 들여놓을 수 있지만, 콜라에 대한 갈증은 희미해진 지 오래다. 엄마가 내 입맛을 건강하게 길들여 놓은 덕에 나는 담백하고 순한 맛을 좋아하는 음식 취향을 가지게 되었다.

하지만 아주 가끔 콜라를 마시고 싶은 날이 있다. 스트레스로, 걱정으로, 이런저런 생각으로 뒤엉켜 마음이 복잡한 날, 다디달고 자극적인 그 맛이 이상하리만큼 청량하게 느껴지는 것이다.

목이 탈 때는 냉수가 최고지만, 마음이 탈 때는 콜라가 제일이다. 위장에 얹힌 것이 있을 때는 소화제를 먹지만, 마음에 걸리는 것이 있을 때는 콜라를 마신다. 말도 안 되는 소리일 수도 있지만, 나름의 근거는 있다. 어릴 적 묵직한 배 속이 가벼워졌던 개운함이 잠재되어 있다가, 답답한 마음속에 콜라를 부을 때마다 발현되기 때문이리라.

콜라를 마시면 속이 편안해지고 후련해지는 것은 그때나 지금이나 마찬가지다. 그 옛날 할머니는 잘 보는 '명의'가 맞고, 콜라는 잘 듣는 '명약'이 맞는 것 같다. '뱃속' 편해지는 데는 할머니의 처방약이 여전히 유효하니 말이다.

땡큐, 마이 뿌렌

여행에서 소소하지만 빼놓을 수 없는 일정이 바로 시장 구경이다. 명승고적이며 유원지며 세계적으로 유명한 관광지들을 실컷 돌아다니고 나면, 문득 아기자기한 재미를 느끼고 싶어진다. 산해진미를 만끽하고도 시장에서 파는 소박한 군것질거리를 보면 먹지 않고는 못 배긴다.

지난 태국 여행에서도 그랬다. 남편과 나는 매콤하게 볶은 쌀국수, 카레 가루로 맛을 낸 해물 요리, 오묘한 맛이 나는 국물 요리를 다 먹고도, 호텔로 돌아가는 길에 청과 시장을 그냥 지나치지 못했다. 우리 돈으로 천 원짜리 몇 장이면 망고가 한 바구니라는 말이 생각나, 이것저것 살 요량으로 시장 입구에 들어섰다.

"헤이(Hey), 마이 뿌렌(my friend)!"

첫 번째 가게 앞에서 나는 소리였다. 서글서글한 인상의 남자가 우리를 향해 웃으며 손을 흔들었다. 좌판에는 망고, 두리안, 람부탄 등 각종 과일과 크고 작은 이름 모를 채소들이 진열되어 있었다.

"뿌렌? 친구라니! 우릴 언제 봤다고?"

"그러게 말이야. 근데 저 사람도 생판 모르는 사람들한테 저러기가 쉽겠어? 다 먹고살려고 저러는 거지. 쑥스러워도 용기 내서."

남편과 속닥거리다 보니 목청껏 '뿌렌'을 부르는 그가 어쩐지 안쓰러웠다.

한편으론 씁쓸했다. '친구'라는 말이 언제부턴가 아무 데나 갖다 붙이는 만만한 단어가 된 것 같아서였다.

언젠가 새로 생긴 레스토랑에 갔을 때가 생각났다. 테이블에 앉자마자 앳된 얼굴의 종업원이 다가와 '친추'를 권했다.

"친추만 해 주시면 10% 할인도 되구요, 서비스로 음료도 드려요."

'친추'는 '친구 추가'를 말하는 것이었다. 모바일 메신저에 '친구 추가'를 해 주면 이런저런 혜택을 주겠다며 손님을 유인하는 일종의 SNS 마케팅인 것 같은데, 나는 할인과 공짜 음료의 유혹에 넘어가 처음 가 본 그 레스토랑과 바로 친구가 되었다.

화장품 가게에서도 비슷한 일이 있었다. 자기 가게와 친구가 되어 주어 고맙다며 샘플 3종 세트에 경품 응모권까지 챙겨 주는 것이 아닌가? 스마트폰 몇 번 톡톡 두드려 얻은 선물치고는 제법 풍성했다.

뭐라도 받는 재미에 이 가게 저 가게에서 '친구 추가'를 했다. 친구들은 꽤 자주 연락을 해 왔다. 새로운 메뉴가 나왔다며 맛보러 오라고, 생일에 오면 축하 케이크를 선물하겠다고, 몇 시부터 몇 시 사이에 오면 수프와 커피를 무료로 주겠다며 꼭 한번 들러 달라고 했다. 마스크 팩을 다섯 개 사면 하나 더 주는 행사를 하고 있다고, 신제품 샘플을 받아 가라고, 다양한 콘셉트로 메이크업 쇼를 한다며 구경 오라고도 했다.

친구들의 초대(?)에 못 이겨 몇 번 들렀지만, 너무 잦은 연락이 나중에는 성가시기까지 했다. 결국 절교(?)하고 말았다. 그동안 친구들에게서 요것조것 얻어먹고 받아 오긴

했지만, 그래도 여러 번 매상을 올려 주었으니 영 도리에
어긋나는 것은 아닐 것이라며 스스로 변명했다.

'친구'의 의미가 어쩌다 이렇게 가벼워졌을까? 親舊. 오
랫동안 가깝게 사귄 사람, 다정하고 허물없고 길흉화복을
같이하는 벗. '빚보증하는 자식은 낳지도 마라'는 말도 있
는 그 무시무시한 빚보증도 망설임 없이 서 주는 사이 아
니던가? 친구를 위해 목숨도 내놓는 것이 우정 아니던가?

백아(伯牙)의 음악을 온 마음을 다해 깊이 헤아려 준 종
자기(鍾子期), 그런 종자기가 죽자 다시는 연주하지 않았
다는 백아. 이 두 사람의 이야기에서 유래한 지음(知音),
즉 진정으로 뜻을 알아주는 벗이야말로 참된 친구라고 우
리는 배우지 않았던가.

"아까 그 '뿌렌' 집에나 다시 가 볼까?"

생각에 잠겨 있던 나를 깨운 것은 남편 목소리였다. 첫
집인 '뿌렌' 집을 지나 이곳저곳 더 둘러보던 중이었다. 과
일이 싱싱하지 않아 보이는 곳도 있고, 외국인이라고 과
일값을 도두쳐 바가지를 씌우려는 것 같은 곳도 있었다.
아무리 봐도 마땅치 않아 빈손으로 시장을 한 바퀴 돌고

나오는 길, 저쪽 어디선가 우리를 부르는 듯한 소리가 들려왔다.

"헤이, 마이 뿌렌!"

아까 들었던 그 목소리였다. 왠지 반가웠다.

우리는 그의 가게로 달려갔다. 잔뜩 물이 오른 과일들이 먹음직스러워 보였다. 마음껏 먹을 생각에 이것저것 달라고 했더니, '마이 뿌렌'은 탐스럽고 살진 과일들을 덤까지 얹어 봉지 가득 담아 주는 것이 아닌가? 그 순간, 그는 '마음을 알아주는 친구'였다. 조금 아까까지 여기저기서 막무가내로 잡아끌고, 따라붙고, 야비한 상술을 부리는 통에 진이 빠져 있던 우리에게 정직과 호의를 보여 주었으니 말이다.

낯선 이국땅에서 오가는 과일 한 봉지에 친구가 되다니! 찰나의 인연이 찰나의 '지음(知音)'이 된 것이었다. 그러고 보니 '친구'의 의미에서 그 무게를 조금은 줄여도 될 것 같았다. 또, 그 범위를 조금은 넓혀도 될 것 같았다. 가게를 나오면서 그에게 인사치레가 아닌, 진심 어린 인사를 했다.

"땡큐(Thank you), 마이 뿌렌!"

박 서방네 커피집

버스 정류장 앞에 커피집이 새로 생겼다. 언젠가부터 인테리어 공사를 한다고 부산스럽더니 드디어 개업을 했다. 오픈 이벤트로 무료 시음회를 하고 있었다. 벌벌 떨며 버스를 기다리다가 따뜻한 아메리카노 한 잔을 마시니, 쓴맛도 달게 느껴졌다.

무료 시음회의 효과는 바로 나타났다. 그다음 날 버스 정류장 앞을 지나가는데, 그 집 간판을 보고는 도저히 그냥 지나칠 수 없었다. 공짜로 얻어먹기만 하면 안 될 것 같았고, 무엇보다도 추운 날 잠시 몸을 녹이게 해 준 것에 대한 보은으로라도 꼭 한 번 그 집에서 커피를 사 마시고 싶었다.

가게에 들어서니 중년 남자가 설거지를 하고 있었다. 그는 나를 보더니 허겁지겁 고무장갑을 벗으며 다가왔다.

"잠시만요, 이것만 벗구요. 뭘로 드릴까요?"

"카페라테 주세요. 샷 추가하고 우유 대신 두유로요. 아, 시럽은 빼고요."

그런데 주문을 받자마자 커피 대신 따뜻한 물 한 잔을 내주는 것이 아닌가.

"밖에 많이 춥죠? 우선 이거라도 드시고 계세요."

그가 건넨 물을 다 마시고 나서야 커피가 나왔다. 그사이 손이 녹았다. 알고 보니, 손이 느린 초보 사장의 배려였다. 주문과 동시에 커피를 척 내줄 수 있는 능숙한 바리스타는 아니니, 커피 기다리는 동안 손님이 추울까 봐 따뜻한 물부터 내준 것이었다.

커피 맛도 괜찮고 주인도 친절해서 그 뒤로도 지나는 길에 자주 들렀다. 어느 날 여느 때처럼 카페라테를 마시고 있는데, 꽤 연세가 드신 여자 손님이 들어왔다. 가격이 싼 편이고, 앉을 자리도 작은 테이블 3개뿐인 좁은 가게라, 주로 테이크아웃해 가는 학생 손님들이 대부분인데, 웬일인가 했다. 더 놀라운 것은, 카페 주인이 행주질을 하다 말고 문 앞까지 달려가 그 손님을 맞는 것이 아닌가? 깍듯이 인사를 하고 손님이 든 장바구니를 대신 들어 테이블로 옮겨 주고 의자까지 빼 주는 것이었다.

'단순히 손님한테 베푸는 친절이라기엔 너무 과한데? 단골손님은 아닌 것 같고, 그럼 경로 우대인가?'

혼자 이리저리 짐작해 봐도 풀리지 않던 궁금증이 그 손님의 말 한마디에 풀렸다.

"박 서방, 잘 지냈는가?"

몇 마디 이야기가 오간 후, 박 서방이 커피를 내왔다. 큰 머그컵에 가득 담긴 커피 위로 크림과 시럽이 듬뿍 올려져 있었다. 같은 메뉴를 주문한 다른 손님 커피보다 양도 더 많고 훨씬 맛있어 보였다. 어쩌면 당연한 것이었다. 하나는 '박 서방'이 만든 커피이고, 다른 하나는 '카페 주인 아저씨'가 만든 커피였으니 말이다.

카페 아저씨네 장모님을 다시 본 건 며칠 뒤였다. 장모는 사위를 안타까운 눈초리로 바라보더니 가만히 한숨을 쉬었다.

"아이고, 박 서방! 그 좋은 직장을 그만두고…. 갑자기 웬 커피집을 한다고…."

사위가 아무 말도 못하고 머뭇거리고 있는데, 때맞춰 손님이 왔다.

"장모님, 일단 이거 좀 드시고 계세요. 저기 손님이 오셔서요."

커피에 샌드위치에 쿠키까지 푸짐하게 한 상 차려 주고 가는 사위의 등 뒤에 대고, 장모는 혼잣말로 나지막하게 중얼거렸다.

"아이고, 양복 입고 넥타이 매고 출근하던 사람이 앞치마 입고 행주 들고…."

'박 서방이 그 좋은 직장을 그만둔 것'을 박 서방보다 장모가 더 아쉬워하는 것 같았다.

갑자기 어디선가 휴대전화 벨 소리가 울렸다.

"여보세요, 나 지금 우리 사위 보러 왔어. 우리 사위가 사업 시작했거든."

톤이 한층 높아진, 조금 전까지와는 사뭇 다른 목소리였다.

"우리 박 서방이 머리가 얼마나 좋은데…. 직장에 있을 때도 그렇게 인정을 받더니만, 사업도 얼마나 잘하는지, 역시 똑똑한 사람은 다르다니까."

"우리 박 서방이 사람이 참 좋잖아. 장모 대접을 어찌나 극진하게 하는지, 아 글쎄, 지난번엔 말이야….”

연신 우리 박 서방, 우리 박 서방 하며 칭찬 일색이었다. 사위 사랑은 장모라더니, 사위 '자랑'도 장모인가 싶을 정도였다. 좀 아까 앞치마니 행주니 하며 한숨 쉰 게 미안해서, 그동안 올 때마다 받은 환대가 고마워서, 박 서방 들으라고 일부러 한 얘기였을까? 아니면, 친구에게 들키고 싶지 않은 속마음을 감추려다 보니 말이 길어졌던 것일까?

어찌 됐든 머리 좋은 박 서방, 사람 좋은 박 서방, 다 맞는 말이었다.

'샷은 추가하고 우유 대신 두유를 넣고, 시럽은 뺀 카페라테'. 주문할 때마다 이 길고 다양한 요구 사항을 하나도 빠뜨리지 않고 정확한 결과물을 내주는 '머리 좋은 박 서방'. 그의 유능함은 조그만 커피집에서도 빛을 발하니 낭중지추가 아닐 수 없다.

언젠가 커피를 쏟아서 당황하고 있는 나에게 다가와 데지는 않았는지 묻고, 커피는 다시 만들어 주겠다고 하던 '사람 좋은 박 서방'. 내 실수이니 커피를 다시 사고 바닥을 닦고 있는데, "아이고, 제가 할 테니 그만두세요." 하며 한사코 말리던 그는 착한 사람임에 틀림없다.

그가 좋은 직장을 그만둔 것이 자의였는지 타의였는지는 모르겠다. 커피에 조예가 깊은 사람이 자기 사업을 해보고 싶어 꿈을 펼친 것일까? 아니면, 어찌할 수 없는 상황을 맞닥뜨린 가장이 현실적인 대안을 찾은 것일까?

어느 쪽이든 박 서방네 커피집은 장사가 잘되었으면 좋겠다. 그리고 열심히 사는 '이 시대의 박 서방들'의 삶이 너무 힘들지 않았으면 좋겠다.

나의 커피 인생

독약! 어릴 때는 커피가 독약인 줄 알았다. 엄마가 마시는 커피 맛이 궁금해 조금 나눠 주길 청하면 어김없이 돌아오는 거절의 말.

"아이들은 먹으면 안 돼. 나중에 커서 어른 되면 먹을 수 있어."

"그래도 조금만 먹어 보면 안 돼?"

혹시나 하는 마음에 한 번 더 떼를 써 봐도, 엄마는 단호했다. 그러니 애들이 먹으면 큰일나는 독약쯤으로 알 수밖에. 손님들이 다녀가신 날이면 거실 안에 커피 향이 가득했다. 독약이 풍기는 냄새치고는 너무나 달큰하고 향긋했다. 벽장에 꿀단지를 감춰 두고 아이들이 먹으면 큰일

나는 독약이라며 혼자 몰래 먹었다는 옛날이야기 속 서당 훈장님이 잠깐 생각나기도 했다. 하지만 엄마의 말이 이 세상 절대 진리였던 어린 나는 의심을 품을 생각조차 못 했다. 그저 어른이 되면 비로소 열리는 마술 상자 비슷한 것이려니 했다.

만병통치약! 겁이 많아 손도 못 대던 독약은 알고 보니 만병통치약이었다. 졸리다 못해 혼미해지는 오후, 도서관 자판기에서 뽑아 마시는 커피 한 잔. 잠 깨려고 마신 것뿐인데, 신기하게도 피로도 가시고 머리도 개운해졌다. 시험공부 스트레스도, 불편한 인간관계 고민도 다 짊어지고 살던 내 가슴속도 싹 비워 주었다. 그러곤 힘내라는 듯 신선한 활력소를 한 바가지 부어 주는 것이었다. 신기한 약이었다. 늘 자잘한 걱정을 달고 다니는 소심병 환자(?)인 나에게 딱 맞는 약! 친구가 지쳐 보일 때, 우울해 보일 때마다 나는 자신 있게 이 신비의 명약을 권했다. "이거 한 번만 먹어 봐! 효과가 바로 와!" 하는 그 옛날 장터 약장수의 단골 대사 흉내를 장난스럽게, 그러나 진심으로 곁들였다. 몸소 약효를 체험했으니 말이다.

커피가 든 종이컵을 한참 들여다본 적도 있다. '대체 이 안에 무엇이 들었기에 이리도 신통할까?' 우문에는 현답이 나왔다. '뭐가 들었긴? 커피, 프림, 설탕이겠지 뭐!' 머릿속으로 우스꽝스러운 자문자답을 하다 보면, 같은 재료라도 배합이 중요하다는 것에 생각이 미쳤다. 세 가지 재료의 비율을 놓고 '둘둘셋'이니 '하나둘셋'이니 하며 고민할 필요도 없이, 정확한 황금 비율로 커피를 만들어 주는, 아니 명약을 조제해 주는 자판기가 고마울 따름이었다.

묘약! 어긋나려던 관계가 다시 이어지는 중심에는 항상 커피가 있었다. 일 관계로 잠시 서먹해진 동료도, "커피 한잔 할래요?" 하고 불러내면 따라나설 수밖에 없었다. 연일 계속되는 격무에 지쳐 걸핏하면 야근을 하게 하는 부장에 대한 원망이 스멀스멀 피어오를 때쯤, "커피 한잔씩 들고 하지. 내가 살게!" 하는 그의 한마디에 야속한 마음이 눈 녹듯 사라졌다.

"쳇! 그깟 커피 한잔이 뭐라고! 먹고 싶으면 내 돈 주고 사 먹으면 되지. 고작 그걸로 사람을 매수하겠다 이거지?"

안 보는 데서는 나랏님 흉도 본다고, 뒤에서 농담인 듯 툴툴거리는 동료도 있었다. '그깟 커피 한잔'이 뭔지는 아직도 잘 모르겠다. 어쩌면 노련한 처세가들이 상대방을 구슬릴 때 쓰는 가장 값싸고 간편한 수단이었을 수도 있겠다. 어쨌든, 오해로 얽혀 있던 사람들의 마음을 풀어 주고, 자칫 삐끗할 뻔했던 인간관계를 제자리로 돌려놓은 것은 분명 커피 한잔이었다. 관계의 묘약이었다.

감로수! 밀린 숙제 같은 대청소를 마치고 마시는 아이스 아메리카노 한 잔. 이 맛을 상상하며 난도 최상의 베란다 창틀 먼지 떨어내기도 해낸다. 훤해진 집 안에서 기분 좋은 해방감을 만끽하며 나에게 주는 상을 기꺼이 마신다. 겨울 새벽, 운동 후 마시는 따뜻한 카페라테 한 잔. 추위를 뚫고 기어코 만 보 걷기 목표를 달성했다는 성취감이 배가된다. 귀차니스트인 나를 움직이게 하는 진한 갈색 물, 예사롭지 않다. 신비롭기까지 하다.

커피! 두렵기도, 신기하기도, 고맙기도 했던 이 오묘한 액체와 함께 나는 성장해 왔다. 단맛과 쓴맛의 환상적인 조화! 혀끝에서 달콤하다 싶으면 뒷맛이 쌉쌀하고, 쌉싸래하다 싶으면 목 넘김이 부드러운 것이 사람을 끄는 힘이 있다. 희로애락이 뒤섞여 있는 인생을 닮아서일까? 이 매력에 빠져 오늘도 한잔하지 않을 수 없다.

미안해요, 놀이터 삼촌

학교만 다녀오면 책가방 던져 놓고 놀이터에 출근하던 시절이 있었다. 혼자 있을 때는 조용히 놀던 내가, 동생들을 이끌고 놀이터로 향할 때면 대장이라도 된 듯 위풍당당했다. 자리가 사람을 만든다고 했던가? 평소에는 수줍음 많고 소심한 나도, 어쩌다 동네 아이들이 동생들을 괴롭히기라도 하면 어디서 용기가 솟았는지, 정의의 사도가 되어 큰언니의 위엄을 뽐내었다.

"너 또 내 동생 괴롭히면 혼날 줄 알아!"

한바탕 혼쭐을 내고 동생 손을 잡고 홱 돌아설 때, 잔뜩 주눅들어 있던 동생이 우쭐해하는 모습을 보면 한없이 뿌듯했다.

어느 날부터인가 놀이터에 가면 큰 가방을 멘 아저씨가 있었다. 맘씨 좋아 보이는 아저씨는 애들하고 참 잘 놀아 주었다. 아이들이 하나둘 모이면, 벤치에 큰 가방을 벗어 두고 그네도 밀어 주고, 시소도 같이 타고, 모래로 두꺼비집도 제일 크게 지어 주었다. 놀다가 넘어져 울기라도 하면 옷에 묻은 흙먼지도 털어 주고 사탕도 쥐어 주는, 참 친절한 아저씨였다. 동네 아이들은 어느새 아저씨와 친해져 삼촌처럼 따랐다. 우리는 그를 '놀이터 삼촌'이라고 불렀다.

그러던 어느 날 텔레비전을 보다가 깜짝 놀랐다. "빠바바바바바밤~" 하는 오프닝 음악에 이끌려 보게 된 드라마 「수사반장」. 그날의 에피소드는 착한 아이들을 유괴해서 끌고 가는 나쁜 아저씨들이 나오는 이야기였다. 처음에는 친절한 얼굴로 아이들에게 다가가서는, 나중에는 무섭게 돌변해 아이들을 납치해 갔다.

순간, 놀이터 삼촌의 착한 얼굴이 떠올랐다.

'설마 그 아저씨가? 그렇게 좋은 아저씨가 유괴범은 아니겠지?'

'아니야, 수사반장에 나온 아저씨들도 처음에는 착한 척

하면서 친해지고 난 다음, 아이들을 데려갔어.'

'놀이터 삼촌은 맨날 큰 가방을 갖고 다니던데, 설마 그 가방에 아이들을?'

온갖 상상으로 공포심은 점점 커졌다. 그만큼 마음 한쪽에선 정의감이 타올랐다. 아무것도 모르고 나만 믿고 있는 동생들을 떠올리자 의무감마저 생겼다.

'그래, 동생들을 지킬 사람은 나밖에 없지!'

여자는 약하지만 어머니는 강하다고 했던가? 소녀는 약하지만 큰언니는 강했다. 다음 날 비장한 각오를 하고 놀이터에 출근했다. 그날도 놀이터 삼촌은 웃으며 맞아 주었다. 하지만 「수사반장」 속 나쁜 아저씨와 오버랩되면서, 그 웃는 얼굴이 오히려 무섭게 느껴졌다. 심장이 콩닥거려 숨을 크게 한 번 내쉬었다. 그리고 떨리는 손을 주머니에 감추었다. 공포로 가슴은 떨렸지만 말은 또박또박했다.

"삼촌, 물어볼 게 있어요!"

"응? 뭔데?"

여전히 웃으며 대답할 준비를 하는 아저씨의 얼굴을 보며 나는 당차게 물었다.

“아저씨! 유·괴·범이죠?”

순간, 아이들의 시선이 집중되었고, 아저씨는 당황했는지 한동안 말이 없었다. 그러고는 한숨을 푸욱 내쉬며 대답했다.

“얘야, 내가 진짜 유괴범이면 유괴범이라고 하겠니….”

그 한마디를 남기고 아저씨는 고개를 푹 숙인 채 어디론가 가 버렸다. 그리고 그 뒤로 다시는 놀이터에 나타나지 않았다.

‘내가 너무했나?’

‘아니야, 진짜 나쁜 아저씨였을지도 모르잖아?’

이런저런 생각이 들던 어느 날 동네 아주머니들이 하는 이야기를 들었다.

“요새 학습지 팔러 다니는 총각 안 오네?”

“그러게 말이야. 놀이터에서 애들하고 잘 놀아 줘서 좋았는데.”

“총각이 착하기만 하고 숫기가 없는지, 학습지 사라는 말도 못하던데.”

“안 그래도 다음 달부터 주문하려고 했는데, 보이질 않네.”

그러니까, 아저씨의 큰 가방엔 어린이 학습지가 들어 있었던 것이다. 아이들과 실컷 놀아주고도 학습지 사라는 말은 꺼내지도 못한 아저씨. 착하고 다정했지만 세일즈에는 영 소질이 없었던 세일즈맨. 마음 여린 사람이 철없는 내 말에 상처를 받지는 않았을까? 실적은 못 올리면서 어딜 그렇게 돌아다니냐고 영업소장에게 혼이 나지는 않았을까?

놀이터 삼촌의 큰누님뻘 되는 나이가 된 지금, 여기저기서 그때 그 아저씨의 모습을 본다. 방황하고 실패하고 좌절하고 상처받은 청춘들, '이 시대의 놀이터 삼촌들'을 만나면, 그때 못했던 사과 대신 가만가만 어깨를 두드려주고 싶다.

거위의 연못

어느 날 주방 싱크대 수전(水栓)에서 물방울이 똑똑 떨어졌다. 설거지를 마친 지 몇 시간이나 지났고, 수도를 덜 잠근 것도 아닌데, 아무리 기다려도 똑똑 소리는 그치지 않았다. 갈수록 물 떨어지는 속도가 빨라지는 것이 여간 성가신 게 아니었다.

남편은 자기가 수리해 보겠다고 했다. 그날부터 인터넷을 검색하고 관련 영상을 찾아보며 한참 연구(?)하더니, 드디어 결심한 듯 말했다.

"공구가 있어야겠어."

며칠 동안 떨어지는 물방울 소리를 참아가며 기다린 끝에 얻은 결론치곤 시금털털했다. 하기야 장비부터 갖추는

게 순서는 순서였다. 여러 가지가 골고루 들어 있는 공구함을 사 왔다. 남편이 호기롭게 스패너를 치켜들었다. 밸브부터 잠그려고 한참을 이리저리 대보더니 영 크기가 맞지 않는다며 공구 탓을 했다. 내가 봐도 연장 탓인 것 같기에, 서투른 목수를 탓하지는 않았다. 대신 아파트 관리실에 연락했다.

"아이고, 이걸 직접 하시려구요? 괜히 잘못 건드리면 큰일납니다. 기술자 부르세요."

관리실 담당자가 놀라며 경고했다. 사다 놓은 공구가 아까워 기어이 직접 수리해 보겠다며 고집을 부렸다간 진짜 큰일이 날 것 같았다. 서투른 목수와 그의 겁 많은 아내는 오기 대신 포기를 택했다.

전문가의 손을 빌리러 수리센터에 갔다. 증상을 설명했더니, 수리가 아니라 수전 자체를 교체해야 한다고 했다. 우선 원하는 수전을 고르라며 이것저것 보여 주었다. 높이가 낮은 수전은 물이 덜 튀어 좋다고 했지만, 키가 큰 편인 나로서는 허리가 아플 것 같았다. 일명 '코브라 수전'은 각도 조절이 자유롭고 회전도 할 수 있어 편리하다고 했지만, 어쩐지 디자인이 마음에 들지 않았다. '최신 스타일'이라며 자신 있게 권한 수전은 세련된 멋은 있었지만, 값도 비싸고 그리 실용적이지 않아 보였다. 실컷 보기만 하고 나가려니 미안해지려던 찰나, 문득 눈에 띄는 수전이 있었다. 높고 길게 뻗다가 주욱 구부러져 내린 것이 보기만 해도 물줄기가 시원하게 쏟아질 것 같은 황금빛 수전!

"이걸로 할게요."

"아, 그 거위 목, 요새 많이들 찾아요. 잘 고르셨네."

'거위 목'이라니! 듣고 보니 과연 어울리는 표현이었다.

역시 전문가는 달랐다. 제멋대로 굴며 소임을 다하지 않은 중죄는 용서치 못한다는 듯, 펜치며 드라이버, 스패너 등을 줄줄이 소집했다. 여기저기서 뚝딱거리는 소리가 나는가 싶더니 금세 멈추었다. 드디어 싱크대 전체가 훤히 내려다보이는 제일 높은 자리에 황금빛 거위 한 마리가 보란 듯이 올라앉았다.

그날부터 우리 집 싱크대에는 거위가 산다. 우아한 자태로 앉아 아래를 굽어보고 있다. 왕좌에 앉은 듯 위풍당당한 모습이다.

날개(레버)를 옆으로 펼치면 길게 늘어뜨린 목으로 물을 내려보낸다. 싱크 볼에 물이 채워지면 연못이 따로 없다. '거위의 연못'. 백조에게 호수가 있다면, 우리 집 거위에게는 연못이 있다. 그 스스로 만든 연못. 한가로이 노닐려는 것이 아니다. 업적 과시를 위해서도 아니다. 그저 직무 수행을 위한 터전을 만든 것이다. 양념이 잔뜩 묻은 접시도, 밥풀이 덕지덕지 붙어 있는 밥공기도, 기름으로 번질거리는 프라이팬도, 물때로 얼룩진 냄비도 모두 연못으로 불러들이면, 거위의 발을 닮은 고무장갑 두 짝이 바지런히 움직인다. 젊어지는 샘물은 마셔야만 청년이 된다지만, 거위의 연못에는 들어갔다 나오기만 해도 새 그릇이 된다.

연못 물이 더러워질라치면 날개(레버)를 살짝 펼쳐 상소를 올린다. 그러면 거위는 어김없이 깨끗한 물로 새 연못을 만들어 준다. 펌프도, 마중물도 없이 물을 끌어올린 다음, 맑은 물을 폭포수처럼 쏴아 내리부어, 하루에도 몇 번씩 새 연못을 만드는 재주에는, 매일매일 황금알을 낳는다는 그의 친구도 감탄할 것 같다.

비단 재주뿐일까? 얼떨결에 앉은 용상이지만 굳이 마다

하지도, 들떠 날뛰지도 않고, 자리에 앉아 묵묵히 소임을
다한다. 자리가 높은 만큼 길고 곧은 목을 수그리고 있다.
겸손의 미덕과 함께 두루 굽어살피는 아량까지 갖춘 것이
다. 그래서일까? 그가 다스리는 연못은 언제나 청정하다.

엘리제를 위하여 피아노를 사수하라

어릴 적 엄마 따라 시외버스를 타고 외갓집에 다녀오는 길이었다. 막 출발하려는 차를 웬 군인이 숨을 헐떡이며 뛰어와 세웠다. 그리고 기사에게 간청했다.

"꼭 좀 태워 주십쇼. 저 이 차를 타야 합니다."

"안 돼요. 다음 차 타요."

그러나 군인은 매달리다시피 애원했다.

"제발… 제발요…."

떨리는 목소리는 애처로웠다.

"무슨 일인지 모르지만 출발하려는 차를 이렇게 막무가내로 세우면 어쩌나? 미안하지만 안 되겠어, 총각. 다음 차 있으니까 그거 오면…."

기사의 말이 채 끝나기도 전에 군인은 다급하게 차 문을 붙잡고 필사적으로 사정했다.

"혹시 자리가 없으면 바닥에 앉아서 가도 괜찮습니다. 제발 태워 주십쇼."

눈물이 새어 나오는가 싶더니, 급기야 어깨까지 들썩이며 울음을 터뜨리는 것이었다. 나는 어른이, 그것도 덩치 큰 남자가 그렇게 크게 소리 내어 우는 것을 그때 처음 보았다. 당황한 건 기사도 마찬가지인 것 같았다.

"아, 글쎄, 안 된대두. 나 원 참…."

어찌할 바를 몰라 연신 머리를 긁적이다가 손을 내저었다가 하는데, 군인이 크게 심호흡을 하더니 말했다.

"기사님, 이 차 놓치면 전 영창 갑니다. 그러니 제발…."

'영창'이란 말에 기사는 놀란 표정으로 고개를 끄덕였다.

"그럼 타요."

"고, 고맙습니다. 정말 고맙습니다."

군인은 몇 번이나 절을 하고는 차에 올랐다.

나는 그때 '영창'이란 말의 뜻을 몰랐다. 바로 떠오른 건 피아노였다. 당시 TV 광고에 맨날 나오던 '영창 피아노'

말이다. 다만 "영창 갑니다."를 힘주어 말하던 군인의 표
정이 하도 절박해서, 또 완강하게 안 된다고 하던 기사가
'영창'이란 말을 듣자마자 단박에 승낙을 한 것으로 봐서,
'영창'이라는 단어에 피아노 말고 다른 뜻도 있나 보다 짐
작할 뿐이었다. 군인이 말한 '영창'이란 데는 굉장히 무서
운 곳이라서 거기 가면 당장 귀신이나 도깨비라도 만나거
나, 괴물한테 잡혀가거나, 무슨 큰일이 날 것 같다는 생각
이 들었다.

후일, '영창'의 뜻을 알게 되었을 때, 그 일을 떠올리며
그날 그가 부대로 무사히 복귀했기를 빌었다.

나의 첫 장래 희망은 피아니스트였다. '영창' 때문이었
다. '온 세상에 울리는 맑고 고운 소리'로 시작하는 광고
음악을 들을 때마다 피아노를 사 달라고 엄마를 졸랐다.
피아노만 있으면 나도 광고에 나오는 대로 '맑은 소리, 고
운 소리'를 연주할 수 있을 것 같았다. TV 음악회에서 본
것처럼 나중에 커서 훌륭한 피아니스트가 되어, 예쁜 드
레스를 입고 멋지게 연주하면 박수갈채가 쏟아지겠다는
상상만으로도 행복했다.

엄마는 피아노를 사 주는 대신 피아노 학원에 보내 주었다. 피아노 학원에 가는 날은 참 좋았다. 탁자 위 바구니에서 형형색색의 사탕을 꺼내 먹으며 어린이 잡지를 보면서 레슨 순서를 기다리다가, 마침내 내 차례가 되어 빨간 덮개를 걷어 내는 순간, 희고 검은 건반들이 맞아 줄 때면 마음이 설레었다.

"손에 계란을 쥐었다고 생각하고 살포시 건반 위에 올려 놓아라."

"도레도레 도, 둘, 셋, 넷! 그렇지!"

"도미솔미 도, 둘, 셋, 넷! 잘했어!"

차근차근 친절하게 가르쳐 주신 선생님 덕분에, 나는 피아노 입문 교재인 『바이엘』을 떼고, 『체르니 100번』을 거쳐 『체르니 30번』까지 마스터하게 되었다. 뿐만 아니라 『피아노 소곡집』, 『부르크뮐러』, 『하농』, 『소나티네 앨범』 등에 수록된 각종 연습곡과 연주곡도 섭렵했다. 특히 『하농』 연습곡은 건반 이 끝에서 저 끝으로 계단처럼 오르내리는 것이 팔이 아플 정도였지만 참았다. 다른 연주곡집에 실린 어려운 기교가 들어가는 곡들은 같은 부분을 수없이 되풀이하며 연습했다. 집에 와서는, 아쉬운 대로 건반 모양이 그려진 종이 피아노를 두드리며 소리는 입으로 냈다.

이사를 가면서 피아노 학원은 그만두었다. 대신 어느 날 학교에 다녀왔더니 거실 한쪽에 '진짜 피아노'가 놓여 있었다.

"와! 피아노다! 피아노! 나도 이제 피아노 있어!"

당장 동네방네 뛰어다니며 자랑하고 싶었다. 그동안 피아노 있는 친구를 얼마나 부러워했던가. 그간의 한이라도 풀 듯, 나는 그날부터 피아노 옆에 살다시피 했다. 좋아하는 곡은 하도 많이 연습해서 눈 감고도 칠 수 있을 정도였다. 특히 「엘리제를 위하여」는 내가 제일 좋아하는 곡이었다. 엘리제가 누군지도 모르면서, 그녀를 위하여 만들었다는 곡은 그냥 좋아서, 수도 없이 연주했다.

고학년에 올라가면서 숙제며 공부가 늘어났다. 피아노는 점점 뒷전이 되어 갔다. 중학교에 가고, 고등학교에 가면서 피아니스트의 꿈은 잊혀졌다. 피아노는 늘 그 자리에 있었지만, 마음은 멀어져 갔다.

몇 년 전 어느 날 친정이 이사를 한다고 했다.

"부동산에 집 내놨다. 늙은이 둘이 사는데 집이 너무 큰 것 같아서. 슬슬 이것저것 버릴 건 버리고 정리 좀 해야겠네."

엄마 목소리는 살짝 들떠 있었다. 그때까지만 해도 딸들 다 출가시키고 제2의 신혼을 맞이한 부모님을 축하할 생각이었다. 그러나 엄마의 다음 말에는 청천벽력이 섞여 있었다.

"큰 화분들은 사람들 나눠 줬고, 운동 기구도 필요하단 이한테 줬고, 참, 피아노도 이제 버려야겠지? 치는 사람도 없고, 자리만 차지하니."

처음에 말한 '이것저것 버릴 것'에 피아노도 포함되어 있다니! 절대 안 될 일이었다.

"안 돼요! 피아노는 버리면 안 돼!"

"놔둘 데가 있어야지. 그렇다고 달라는 사람도 없고."

"나, 나한테 줘! 내가 책임지고 가져갈 거야!"

피아노를 지키겠다는 일념으로 무턱대고 장담부터 했다. 우리 집도 넓은 편은 아니었지만, 어떻게든 피아노 자리는 확보해야 했다. 거실은 좁고, 그렇다고 안방에 둘 수도 없어 작은방 한쪽에 겨우 자리를 마련했다.

그렇게 피아노가 들어온 날, 어릴 적 처음 피아노를 갖게 되었던 날이 떠올랐다. 그때의 환희 대신 미안함과 안도감이 교차했다. 그날부터 종종 피아노를 치기 시작했다.

어느 날 집 앞 지하철역 출구를 나오니 피아노가 길가에 있었다. 지나가는 시민 누구나 자유롭게 연주해도 된다는 안내문도 붙어 있었다.

"솔솔라라 솔솔미 솔솔미미 레."

"솔미미 파레레 도레미파 솔솔솔."

초등학생 몇몇이 장난치듯 번갈아 가며 연주하더니 이내 가 버렸다.

문득 나도 한번 쳐 보고 싶었다. 의자에 앉아 건반 위에 손을 얹었다. 그 옛날 선생님 말씀대로 계란을 쥔 듯 살포시. 곡명은 「엘리제를 위하여」. 머릿속에 악보는 없었다. 하지만 몸은 곡을 기억했다. 손은 건반을 오가며 연주했고, 발은 정확한 부분에서 페달을 밟았다. 처음에는 혹시 누가 올까 봐 신경이 쓰였지만, 점차 무아지경에 빠져들었다. 연주를 마치고 일어서자, "와! 잘 친다!" 하는 소리와 함께 박수 소리가 들렸다. 그제야 내 옆에 사람들이 모여 있었다는 걸 깨달았다. 내 연주를 듣고 환호하며 박수까지 쳐 준 그들이 고마웠다. 어릴 적 꿈꾸던 희망이 잠시나마 이루어진 그때! 그 순간, 나는 피아니스트였다.

집에 돌아와 작은방 문을 여니 피아노가 보였다. 딸에게 피아노를 사 주던 날 함박웃음을 짓던 젊은 아빠, 생활비를 쪼개 피아노 학원에 보내 주던 젊은 엄마, 내 피아노 연주를 들으며 즐거워하던 어린 동생들, 그리고 내 어린 날의 꿈이 어우러져 보였다.

내 생에서 사수한 것이 무엇이 있을까. 지금 생각해도 피아노를 사수한 건 백번 잘한 일이다.

시간은 돈보다 따뜻하다

나는 울지 않는 아이였다. 엄마한테 혼나도, 친구들과 싸워도, 결코 울지 않았다.

성인이 되어서도 마찬가지였다. 신입 사원 시절, 상사에게 싫은 소리를 듣고 동료들이 화장실로 달려가 펑펑 울 때도, 나는 그저 속으로 삭이곤 했다.

현실이 아닌 픽션에 있어서도 그랬다. 슬픈 영화를 보거나 슬픈 소설을 읽으면 '아, 슬프구나….' 하는 느낌은 들었지만, 그것이 눈물이 되어 나오지는 않았다.

눈물이 나오지 않으니 억울할 때도 있었다. 정작 울 사람은 나인데 상대방이 울어 버리면, 마치 내가 일방적인 가해자라도 된 것 같았으니.

나도 사람이고 감정이 있는데, 울고 싶을 때가 왜 없었으랴. 다만 눈물을 보이지 않았을 뿐이었다.

"외로워도 슬퍼도 나는 안 울어!" "참고 참고 또 참지 울긴 왜 울어!" "울면 바보다!"라며 울지 않고 참는 것이 미덕이라고 가르친 들장미 소녀 캔디 때문이었을까? '기쁨의 눈물'의 의미를 몰랐던 어릴 때는 눈물을 단지 부정적인 감정의 표출이라고만 생각했다. 우는 모습을 보이는 것은 '창피하고 민망한 짓'이었다. '울면 지는 것'이라며 오기를 부린 것은 아니었다. 체면과 위신 때문이었다. 어린 동생들을 여럿 둔 큰언니로서, 동생들이 울면 어르고 달래야 하는 내가 울 수는 없었다.

나이를 먹으면서 울면 안 되는 이유가 추가되었다. 운다고 해결되는 일은 없다는 세상 이치와 눈물을 무기로 쓰는 것은 비겁하다는 생각. 이유가 늘어난 만큼 더욱 눈물을 삼키고, 삭여야 했다.

눈물을 참는 것은 나에게 그다지 어려운 일이 아니었다. 눈물 흘릴 만한 감정이 생성되자마자 내 안의 '눈물 억제 시스템'이 자동적으로 가동되었으니 말이다. 어릴 적부터 오랜 시간 체화된 이 시스템은 가공할 만한 자제력을 발휘시켜 솟아오르려는 눈물을 꾹꾹 눌러 밖으로 나오지 못하게 했다. 어찌나 빠르고 자연스럽게 작동하는지, 가끔 나 자신도 그 과정을 인지하지 못할 정도였다.

그런데 외로워도, 슬퍼도, 괴로워도, 억울해도, 속상해도, 절대 울지 않던 내가 친구의 말 한마디에 왈칵 눈물을 쏟은 적이 있다. 매일 야근을 하며 격무에 시달리던 어느 날이었다. 휴직 중인 친구에게서 전화가 왔다. 한번 만나자며 언제 시간이 나냐기에, 대답을 망설였더니, 이렇게 말하는 것이었다.

"난 언제든 괜찮으니까, 너 시간 날 때 연락 줘."

순간, 내 눈물샘에 굳게 질러져 있던 빗장이 풀리는 것을 느꼈다. 행여 친구가 눈치챌세라 얼른 알았다고 하고 전화를 끊고 나니, 나도 모르게 눈물이 흘렀다. 감정을 자극할 만한 하등의 요소도 없는 말에 눈물이 난 이유는 '너무너무 부러워서'였다. '부러우면 지는 것', '울면 지는 것'이라고 했던가? 애초부터 누구와 싸운 적도 없지만, 어쨌든 무조건 항복하라고 한대도, 순순히 '내가 졌다'고 인정해야 했다. '부러워서 울었으니' 말이다.

내가 생각해도 어이없는 이유였지만, 굳이 합당한 근거

를 대 보았다. 시간이 없는 내 처지가 '언제든 괜찮은' 친구의 상황과 현저하게 대조되면서 상대적 빈곤감이 극에 달한 것이라고 말이다.

시간이 궁한 것은 돈이 궁한 것보다 더 서러웠다. 어느 날 야근하며 먹을 샌드위치를 포장 주문하고 기다리다가 우연히 보게 된 저쪽 테이블 광경. 샐러드에, 파스타에, 피자에, 스테이크에, 와인까지 푸짐하게 차려 놓고 사람들이 담소를 나누고 있었다. 식당을 나오고서도 한참 동안 그 모습이 뇌리 속에 남아 있었다. 상다리가 휘어지게 차린 음식들이 탐나서가 아니었다. 무엇부터 먹을까 고민하는 표정, 와인의 향을 음미하며 지그시 감은 눈, 음식 맛이 만족스러운 듯 떠올리는 미소. 곳곳에서 여유가 뿜어져 나오는 그들! 나와는 차원이 다른 세계에 사는 사람들 같았다. 시간에 쫓겨 허겁지겁 샌드위치를 삼키며 대충 끼니를 때우는 내 모습이 한없이 초라하게 느껴졌다. 무슨 대단한 일을 한다고, 무슨 부귀영화를 누리겠다고, 밥도 제대로 못 먹고, 친구도 한번 못 만나고 사는지, 더욱 서글퍼졌다.

얼마 뒤, 며칠간 휴가를 받았다. 넘쳐나는 시간! 벼락부

자가 된 기분이었다. 아침에는 엄마와 공원 산책을 하고, 오후에는 친구들과 수다를 떨고, 저녁에는 가족들과 집밥을 먹었다. 오랜만에 누린 호사(?)였다.

'시간은 돈이다.' 벤저민 프랭클린의 명언이다. 시간과 돈 둘 다 '동급의' 가치를 가지고 있다는 뜻으로 이해했다. 하지만 '동일한' 가치를 지닌 것은 아닌 것 같다. 돈과 시간은 쓰임새가 다르기에, 돈이 있어도 시간이 없으면 할 수 없는 일도 많다.

사랑하는 사람과 만나고 싶을 때, 돈은 필수 요소가 아니다. 굳이 고급 레스토랑에서 식사를 하지 않아도, 화려한 카페에서 커피를 마시지 않아도, 그저 함께 있다는 것만으로도 충분히 행복해질 수 있다. 소중한 이와 눈 맞추고, 서로 마주잡은 손의 온기를 느끼며 정담을 주고받는 것. 시간이 있어야만 누릴 수 있는 특권이다.

물론, '돈'은 살아가는 데 꼭 필요하다. 빠르게 물질적 욕구를 충족시켜 주고, 생활을 윤택하게 해 준다. 하지만, 천천히 서로의 마음을 나눌 수 있는 '시간'이 없다면 삶은 피폐해지고 만다. 돈이 오가는 '거래'는 냉정하지만, 시간

을 함께하는 '교감'은 훈훈하다. 돈이 '차가운 가치'를 지녔
다면, 시간은 '따뜻한 가치'를 품은 것 같다. 돈의 가치보
다 시간의 가치를 우위에 두고 싶은 이유다.

닭 대신 꿩?

나의 최애 반찬은 배추김치다. 밥이나 라면은 물론, 돈가스나 피자를 먹을 때도 배추김치는 꼭 있어야 한다. 그런데 아이러니하게도 나는 김치를 담글 줄은 모른다. 늘 엄마한테서 김치를 얻어 오곤 한다. 요즘은 어머니가 김치통 들려 주면 자식들이 손사래를 친다고 한다. 잘 먹지도 않는 김치를 무겁게 들고 가서는, 결국 다 못 먹고 버려야 하니 반갑기는커녕 '김치 폭탄'이라고까지 한다는데, 나는 매번 엄마표 김치를 감사히 받아 온다. 엄마 기분 좋으라고 하는 감사가 아니라, 진심이다. 김치가 나에게는 '일용할 양식'이기 때문이다.

김치를 직접 담가 먹지는 않지만, 김치 담그는 과정이

꽹장한 정성이 들어가며 중노동에 버금가는 일이라는 건 안다. 아무리 딸이라도 칼질 한 번 안 하고, 양념 한 번 버무리지도 않고, 완성된 김치만 달랑 얻어 오는 것이 어쩐지 양심에 찔려, 친정에 갈 적마다 건강식품이며 과일을 잔뜩 사 들고 간다. 갈 때 양손에 들고 갔던 쇼핑 가방이 올 때는 더 커다란 보따리가 되어, 그것도 몇 개씩이나 되어 돌아오곤 한다. 시집간 딸은 밉지 않은 도둑이라는 말이 참말일까?

집에 와서 보따리를 풀면 엄마의 부엌 축소판이 펼쳐진다. 김치며 각종 반찬에 된장, 고추장, 새우젓, 멸치액젓, 참기름, 깨소금까지! 오밀조밀 살뜰하게도 챙겨 주셨다.

하지만 엄마가 싸 준 것 중에 '폭탄'까지는 아니더라도, 안 줘도 된다며 사양하고 싶은 것도 있었다. 고들빼기김치다. 이것저것 다 주고 싶은 게 엄마 마음이려니 싶어 받아 오긴 했지만, 선뜻 손이 가지 않았다. 쓰고 아린 맛만 날 것 같아서, 냉장고 한구석에 모셔 두기만 했다.

남편이 저녁 먹고 늦게 들어올 거라던 어느 날이었다. 혼자 먹는 밥이니 단출하게 먹고 싶었다.

'간단하지만 맛있게!'

'따뜻한 쌀밥에 엄마표 배추김치!'

나만의 저녁 밥상을 차릴 생각이었다. 밥을 짓고, 배추김치 죽죽 찢어 먹을 생각에 설레는 맘으로 냉장고 김치통을 열었다. 그런데 아뿔싸, 배추김치가 다 떨어졌다! 밥에서 솔솔 피어오르는 김이 가시기 전에 얼른 다른 김치를 찾아야 했다.

꿩 대신 닭이라고, 냉장고 구석에 밀쳐 놓은 고들빼기 김치를 꺼냈다. 별 기대도 안 했는데, 대박! 너무 놀라운 맛에 잠시 젓가락을 든 채 정지된 동작. 쓰다고 생각했던 쌉싸래한 향은 오히려 매력 포인트였다.

어떻게 이런 신비한 맛이 날까 궁금하여 레시피를 찾아보았다. 그냥 씻고 다듬고 양념을 버무려 완성되는 것이 아니었다. 그전에 고들빼기를 한 줌씩 실로 묶어 소금물에 담가, 중간중간 새로 만든 소금물로 갈아주기를 사흘이나 하고 나서야 비로소 본격적인 제조 과정이 시작되는 것이었다. 어떤 한약재는 만들 때 약초를 찌고 말리기를 아홉 번 거듭한다는 구증구포가 생각났다. 깊은 맛의 비결은 바로 그 제조 과정의 정성에 있었던 것이다.

“뭐든 골고루 먹어야지. 보기 흉하다고 밀어놓지 말고.”

“한 번이라도 먹어 봐. 아예 손도 안 대고 그러지 말고.”

“뭐든 겉만 보고 판단하지 말거라.”

어릴 때 듣던 엄마의 잔소리들. 그러나 이제 와서 생각해 보니, 엄마 말은 다 맞는 말씀이었다.

입안 가득 퍼지는 고들빼기의 맛! 쓴 듯하면서 달고, 알알하면서도 부드러운 오묘한 맛! 여태껏 이 맛을 모르고 살았다니! 아니, 아예 모를 뻔했다니! 이제 고들빼기김치는 나의 최애 김치로 등극했다. 알고 보니, 꿩 대신 닭이 아니었다. ‘닭 대신 꿩’이었다.

'세상이 변했다'는 말은

오랜만에 외식을 하려고 찾은 식당이 손님들로 북적였다. 왜 이렇게 사람이 많은가 했더니, 하필 금요일이었다. 불타는 금요일. '불금'이 괜히 생긴 말이 아니었다. 금요일만큼은 불태워서 먹고 놀아야 스트레스가 확 풀린다고 했던가? 계속되는 불경기라느니 자영업 위기라느니 하는 뉴스도 불금에는 딴 세상 이야기 같았다. '다음에 한산한 시간에 다시 올까?' 하고 돌아서다가, 이왕 왔으니 먹고 가는 게 나을 것 같아 다시 안으로 들어갔다.

옆 테이블에는 열댓 명쯤 되는 직장인들이 회식을 하고 있었다. 왁자지껄 떠드는 소리가 조금씩 커지는가 싶더니 아니나다를까, 제법 큰 소리가 들렸다.

“어어, 여기 술잔 빈 거 안 보여? 누가 좀 따라 봐!”

갑작스런 정적! 다들 아무 말도 못하고 서로 얼굴만 쳐다보는데, 저쪽 맨 끝자리에서 들려오는 담담한 말소리.

“부장님이 직접 따라 드세요.”

앳된 목소리지만 야무진 말투였다. 잠깐의 침묵이 깨지자, 어색한 분위기를 풀어 보려는 듯 여기저기서 한마디씩 거들었다.

“맞아요. 거기 옆에 병 있잖아요.”

“아유, 우리 부장님 벌써 취하셨나 보다.”

제대로 한 방 먹은 부장은 얼떨떨한 기분을 들키고 싶지 않은지, 아까보다 더 큰 소리로 말했다.

“그래그래, 알았어. 이제 잔 채웠으니 다들 한 번에 쭉 원샷하자구!”

일제히 잔을 높이 들고 건배하려던 찰나였다.

“원샷이요? 요즘은 ‘원하는 만큼 샷’인 거 아시죠?”

아까 그 앳된 목소리였다. 부장은 또 한 번 보기 좋게 한 방 먹고는 얼이 빠진 듯 오물오물 혼잣말을 중얼거렸다.

“거참, 세상 많이 변했어. 나 땐 안 그랬는데…. 요즘 신입 무섭네.”

부장에게 연타를 날린 앳된 목소리의 주인공이 신입 사원이었다니! 예전 같으면 '간 큰 신입'이란 소리를 면전에서 들었을 것 같다. 혹시 나중에라도 무안을 당하면 어쩌나 잠시 걱정이 되었지만, 곧 빙긋이 웃고 말았다. "어머, 요즘 세상에 술 따르기 강요에 원샷 강요라뇨! 간 큰 건 제가 아니라 부장님 같은데요." 하고, 생글생글 웃으며 할 말 다 하는 '요즘 신입'의 모습이 떠올랐기 때문이다.

문득 며칠 전 공원 벤치에서 들은 이야기가 생각났다. 오후 세 시쯤 할머니 두 분이 커피를 마시고 계셨는데, 한 할머니가 갑자기 하소연을 늘어놓는 것이었다.

"우리 집 그 양반, 오늘도 나오려는데 점심 안 주냐고 하더라고. 나 노래 교실 가야 하니까 혼자 알아서 챙겨 먹으라고 하고 나왔어. 아니, 젊었을 때 내 속을 좀 썩였어? 맨날 바람나 돌아다니고…. 내가 아는 것만 해도 몇 번인지 몰라. 알고도 속고, 모르고도 속고…. 그놈의 성질머리는 또 어떻고…. 걸핏하면 불같이 소리 지르고 성내고…. 뭐, 밥상 엎는 거야 예사였고. 내가 애들 봐서 참고 또 참았지. 늙어서 보자, 늙어서 보자 하고 벼르면서. 으휴, 그 인간은 좀 당해야 돼!"

'그 양반'으로 시작한 이야기를 '그 인간'으로 끝내며, 할머니는 가슴을 치고 있었다. 남편의 외도와 폭력으로 얼룩진 결혼 생활, 자식 때문에 지금껏 버텨 온 그녀의 지난 세월이 파노라마처럼 펼쳐지는 듯했다. 남의 일이지만 같은 여자로서 분노와 연민이 일고 있는데, 다음 말이 이어졌다.

"그래서 내가 요새 복수하고 있잖아."

복수? 말년의 통쾌한 복수가 어떤 것일지 궁금했다.

"이제 나한테 밥 달라고 하지 말라고 했어. 나도 만날 친구 있고, 밖에 나갈 일 있으니까, 나 집에 없을 땐 알아서 챙겨 먹으라구."

'설마 이게 끝은 아니겠지.' 하며 더 들어 보았다. 언제 '진짜 복수' 이야기가 나오려나 기다렸지만, 요즘 친구도 만나고 취미 생활도 하니 살맛난다고 덧붙였을 뿐, 그게 끝이었다. 허무했다.

늙어서 보자며 수십 년을 벼르다가 한 복수가 겨우 '밥 안 해 주는 것'이라니! 그것도 외출할 일이 있을 때만? 그게 무슨 복수인가 싶을 정도로 약해 보였다. 드라마에서

처럼 상간녀를 찾아가 톡톡히 망신을 주고 혼쭐낸 것도 아니고, 위자료를 두둑이 받고 이혼해 돈으로나마 그간의 맘고생을 보상받은 것도 아니니 말이다.

"나 나올 때 등 뒤에다 대고 뭐라는 줄 알아? 세상 참 좋아졌대. 어디 여편네가 남편 밥도 안 해 주고 다니냐고. 혼자 계속 뭐라고 궁시렁궁시렁하던데, 그러거나 말거나 나왔지 뭐."

그제야 할머니의 복수가 무슨 뜻인지 알 것 같았다. 당당하게 하고 싶은 말을 하고, 눈치보지 않고 하고 싶은 대로 행동하는 것. 할머니는 스스로 자유를 찾은 것이다. 늘 참아 주던 사람이 더 이상 참아 주지 않는 것, 늘 맞춰 주던 사람이 더 이상 맞춰 주지 않는 것. 할아버지에게는 더 없는 충격이었으리라. 그동안 당연하게 여기던 것들이 더 이상 당연하지 않게 된 현실. 서슬 퍼런 칼날보다 더 무서운 복수였으리라.

부하 직원들에게 잘못된 회식 문화를 강요하던 부장은 '세상이 많이 변했다'고 했다. 아내를 무시하고 괴롭히던 남편은 '세상이 참 좋아졌다'고 했다.

‘세상이 변했다’는 말은, 발언권이 없던 존재에게 발언권이 생겼다는 말이다. 힘이 없던 존재에게 힘이 생겼다는 말이다. 윗자리의 위력보다 포용력이 요구된다는 말이다. 권위를 내세울 게 아니라 내려놓아야 한다는 말이다. 그 누구에게도 함부로 대해서는 안 된다는 말이다. 곧 ‘세상이 좋아졌다’는 뜻이다.

앞으로 세상이 더 많이 변했으면 좋겠다. 더 많이 좋아지게 말이다.

잿밥의 효과

얼마 전부터 남편과 함께 집 근처 스포츠센터에 다니기 시작했다. 둘이 함께 할 수 있고, 더운 날씨에 실내에서 할 만한 운동을 찾은 것이 볼링이었다. 남편은 한때 선수를 꿈꿨을 정도로 수준급 실력을 갖추었지만, 나는 운동 신경이 둔해 그저 시늉만 내는 정도였다. 남편이 던진 공은 볼링 핀들을 와르르 쓰러뜨려 주위의 환호를 자아냈지만, 내가 던진 공은 "쿵!" 소리를 내고 가장자리 도랑처럼 생긴 거터로 빠져 떼굴떼굴 굴러가 결국 핀 하나도 못 쓰러뜨린 채 핀 텍 뒤편으로 빠져 버리곤 했다.

남편은 던졌다 하면 스트라이크! 나는 굴렸다 하면 도랑행! 번갈아가며 이 대조적인 광경을 구경시키는 셈이니 영

체면이 안 섰다.

　문득 신입 사원 시절이 생각났다. 옆자리 선배가 자신이 회장으로 있는 사내 볼링 동호회에 들어오라며 가입 신청서를 내밀었다. 그때도 볼링 실력이 형편없었던 나는 "저 볼링 못 쳐요." 하고 거절했지만, 선배는 "자꾸 치다 보면 늘어. 얼마나 재밌다고!" 하며 끈질기게 권유했다. 권유는 강권에 가까웠고, 매일 얼굴 보는 사이에 계속 거절하면 서운해할 것이 뻔했다. 결국 선배와의 좋은 관계를 유지하기 위해 반강제로 가입했다. 그래도 한편으로는 정말 선배 말처럼 치다 보면 실력이 늘어, 새로운 취미 하나가 생길 수도 있겠다는 기대도 없지 않았다.

　그날 이후 퇴근과 동시에 멤버들과 볼링장으로 향하는 날들이 이어졌다. 치다 보면 는다는 선배의 말은 틀렸다. 안 되는 건 안 되는 것이었다. 편을 나눠 음료수 내기를 할 때 우리 팀이 지면 내 탓인 것만 같아 마음을 졸이며 자책했다. 다행히도 밥먹듯이 더블 스트라이크를 치는 멤버가 있었다. 팀원들이 "오! 더블! 더블!" 하며 엄지를 치켜올릴 때, 나는 그 옆에서 열심히 박수를 쳐 주는 것으로 미안함을 상쇄시켰다.

그들에게는 퇴근 후 여가 활용이고 스트레스 해소였을지 모르지만, 나는 퇴근 후 볼링장으로 다시 출근하는 느낌이었다. 치면 칠수록 늘 거라던 '볼링 실력'은 제자리걸음이고, 날이 갈수록 '볼링 스트레스'만 늘어 갔다. 한 손으로 들기에 버거운 볼링공을 들고 던지는 것도 고역이었거니와, 이리저리 눈치를 봐야 하는 상황도 불편했다. 퇴근 시간이 가까워 오면 차라리 야근 지시라도 떨어져 볼링 모임이 무산되기를 기도했다.

끝나지 않을 것 같던 '볼링장으로의 출근'은 주요 멤버들의 임신과 휴직으로 흐지부지 끝났다. 그때 볼링에 대한 트라우마가 생겼던 것일까? 이후 한동안 볼링장에는 발걸음도 하지 않았다.

스포츠센터에서 남편과 함께 즐길 종목을 볼링으로 정한 것은 잘한 일이었다. 까맣게 잊고 있던 그때 일을 염두에 둔 것은 아니었지만, 무의식중에 내재되어 있던 트라우마 극복의 일환이 될 것 같았다. 그때나 지금이나 내 볼링 실력은 매한가지지만, 나로 인해 민폐가 되지 않을지 걱정할 일이 없다는 점에 있어서 마음이 가벼웠다. 무거운 볼링공이 부담스럽고, "쿵!" 하는 둔탁한 소리와 함께 거터로 향하는 공을 보며 민망해지는 건 여전했지만, 끝나고 저녁 먹으러 갈 생각을 하면 설렜다. 스포츠센터 근처에는 뜨거운 국물 대신 차가운 소스를 끼얹은 냉우동, 제주도식으로 끓인 고기국수, 굵은 가래떡으로 만든 떡볶이 등 색다른 요리를 하는 음식점이 많았다. 볼링 치러 가기 싫다가도, 맛집 투어를 즐길 생각에 나갈 채비를 서두르게 되었다.

문득 어릴 적 한문 학원에 다니던 때가 떠올랐다. 복잡하게 생긴 한자가 생소하고 어려운데다 연세 지긋하신 선생님까지 무서워 보여, 처음에는 학원에 가는 것이 썩 내키지 않았다. 그러나 며칠 다녀보니 확실한 동기 부여가 되는 것이 있었다. 바로 '칭찬 과자'. 수업을 마치기 전, 선생님께서는 짐짓 엄한 목소리로, "다들 공책을 펼쳐 보거라." 하며 공책 검사를 하셨다. 내 차례가 되어 공책을 찬찬히 보실 때면 살짝 긴장이 되다가도, 이내 미소 띤 얼굴로 "잘 썼구나." 하며 과자를 주시면 괜히 의기양양해지기까지 했다. 날마다 선생님께 '칭찬 과자'를 받고 싶어서 그날 배운 한자를 더욱 정성 들여 한 자 한 자 써 내려

갔고, 그렇게 빼곡히 채운 한문 공책을 보면 마음이 뿌듯해져 왔다.

그러고 보니 염불보다 잿밥에 관심이 많은 건 어른이 된 지금도 마찬가지인데, 그래도 한심하다는 생각은 들지 않는다. 정말로, 말 그대로, 잿밥 먹는 재미로 건성 염불을 하는 것은 크나큰 불경이겠지만, 맛집 다니는 재미에 볼링을 치러 가고, 과자 먹는 재미에 학원에 가는 정도는 괜찮지 않을까? 비록 잿밥을 탐냈을지언정, 그 때문에 염불은 열심히 했으니 말이다. 덕분에 볼링 트라우마도 치유하고, 한문 실력도 쌓았으니, '잿밥의 효과'는 톡톡히 본 셈이다.

잿밥의 효과! '하기 싫던 일도 하고 싶게 만드는 마법'이라고나 할까? 매력적인 잿밥은 좋지 않은 기억으로 인한 거부감을 친밀감으로 바꾸는 촉매가 되기도 하고, 미지의 세계에 대한 두려움을 호기심으로 이어 주는 가교가 되기도 한다.

요즘 새로운 '염불 거리'가 생겼다. 새벽 운동이다. 때로는 일찍 일어나는 것이 힘들기도 하고, 나가는 것이 귀찮기도 하다. 비가 오거나 조금이라도 피곤한 날이면 괜히 핑계 삼아 꾀부리고 싶기도 하다. 그래도 새벽 운동을 거른 날은 없다. 공원 근처에 있는 샌드위치 가게 때문이다. 운동을 마치고 먹는 샌드위치는 그야말로 꿀맛이다. 다양한 샌드위치 메뉴를 매일 하나씩 맛볼 생각에 설레는 재미도 있다.

동이 터 온다. 운동화 끈을 단단히 매고 집을 나선다. 오늘의 잿밥, 그건 참치 샌드위치다!

키오스크 시대를 살며

복중에, 그것도 한낮에 길을 걷는다는 건 쉬운 일이 아니다. 얼마 안 되는 거리여서 버스도 마다하고 길을 나선 것이 후회되었지만, 그렇다고 정류장까지 가는 것도 짧지 않은 거리라 그냥 계속 걷기로 했다. 지열을 훅훅 토해 내는 아스팔트가 벌떡 일어날 것만 같아 꾹꾹 밟으면서 가고 있는데, 저만치서 카페 간판이 보였다. 여간 반가운 것이 아니었다. 비실비실 걸음을 옮기면서도 카페 간판을 응시하며 "고지가 바로 저긴데!" 하고 되뇌었다.

드디어 카페 문을 열고 발을 들여놓은 순간, 딴 세상이 펼쳐졌다. 시원하고 쾌적했다. 키오스크로 아이스 아메리카노를 주문하자 얼마 안 있어 전광판에 번호가 떴다.

커피를 찾아왔다. 주문하는 소리도, 음료가 나왔다는 소리도 없이 원하는 커피가 만들어지고 손님에게 전달된 것이다. 직원하고 눈 한 번 마주치지 않고, 손님하고 말 한 번 섞을 필요가 없는 것이 누군가에게는 편할 수도 있으리라.

이런 시스템 속에서 별다른 '말소리'는 없었다. 간혹 주문한 음료를 일정 시간이 지나도 찾아가지 않는 손님에게 "54번 고객님 주문하신 음료 나왔습니다." 하고 외치기도 했지만, 대부분은 알아서 바로바로 음료를 찾아가는지 그 말소리마저도 자주 들리지는 않았다.

카페를 둘러보니 나보다 나이 많은 이는 없는 것 같았다. 대학가 주변이라 그런 것이려니 애써 위로하며 아이스 아메리카노를 쭉 들이켰다. 키오스크로 주문은 했지만 그 기계가 그리 친근한 것은 아니었다. 더 솔직히 말하면, 직원에게 말로 주문하고 싶은 것을 참은 것이었다. 시대의 변화를 눈치 보며 겨우겨우 쫓아만 가는 수준이니, 한때 신세대라 불렸던 자리를 이렇게 내줘야 하는 건가 싶어 서글프기까지 했다.

에어컨 바람이 좀 춥다고 느껴질 때쯤 출입문이 열렸다.

얼핏 봐도 꽤 연세가 드신 분이 들어왔다. 순간, 나도 모르게 안도감이 들었다.

'아, 이제 이 구역 최고령자에서 벗어났구나!'

하지만 기쁨도 잠시, 아무도 뭐라고 하지 않았는데 혼자 나이 순위를 매기고 서글퍼했다가 안도했다가 하는 모습이라니, 이 무슨 웃기는 짓인가 싶어 쓸데없는 비교 따위는 그만두기로 했다.

"여기, 여기 말이야, 주문은 여기서 하나?"

카운터 쪽에서 말소리가 들렸다. 아까 그 어르신이었다. 손님이 직원에게 말을 거는 것. 그 카페에 앉아 있는 동안 처음 보는 풍경이었다.

"키오스크 이용해 주세요."

음료를 만들던 직원이 대답했다. 친절하지도, 그렇다고 딱히 불친절하지도 않은, 지극히 사무적인 말투였다.

"어? 키오? 뭐?"

"할아버지, 키오스크요! 저기 저쪽에 있잖아요!"

"응? 저기? 어디?"

재차 되묻는 노인의 말에 20대로 보이는 직원은 고개를 절레절레 저었다. 키오스크가 뭔지도 모르는 손님한테 사용

법부터 가르치느니 그냥 말로 주문을 받는 것이 낫겠다 싶었는지, 하던 일을 대강 마무리하고는 노인에게 다가왔다.

"커피 종류는 안 먹으려고 해요. 오후에 마시면 잠을 못 자거든. 지난번에 손님이 오셔서 어쩔 수 없이 마셨는데 그날 아주 잠이 안 와서 고생했어. 그래, 여기 과일주스는 없어요?"

반말과 존댓말을 섞어 신변잡사까지 버무린 노인의 주문이었다.

"주스는 없고, 스무디는 있어요. 딸기, 망고, 키위요."

간명하고 사무적인 직원의 대답이었다.

"스무디? 그거 주스하고 비슷한 것 맞지? 그러면 그걸로 줘 봐요. 망고 맛으로."

노인의 메뉴 결정에 직원의 질문 세례가 이어졌다.

"사이즈는 레귤러로 드릴까요, 라지로 드릴까요? 시럽은 추가해 드릴까요? 드시고 가세요, 테이크아웃하세요?"

레귤러가 어느 정도 크기인지, 시럽은 얼마나 많이 단지, 테이크아웃은 포장하는 걸 말하는 것인지…, 노인의 질문 세례 역시 이어졌다. 그렇게 둘 사이에 질문과 답이 한참

오간 후에야 직원은 망고 스무디를 만들기 시작했다.

얼린 망고가 "윙!" 하는 소리와 함께 갈려 나가는 것을 말간 안경알 너머로 물끄러미 지켜보는 노신사. 이제는 어르신이라 불리는 그에게도 청춘이 있었겠지. 다방 이름이 인쇄된 흰색 덮개가 씌워진 의자에 앉아 커피 한 잔 시켜 놓고 친구를 기다렸을지도 모른다. 목덜미로 살살 삐져나온 장발을 매만지며, "오늘은 웬지~"로 멘트를 시작하는 음악다방 디제이에게 좋아하는 팝송을 신청해 들었을지도 모른다. 짝사랑하는 여자를 하염없이 기다리며 애꿎은 엽차만 여러 잔 들이켜고는 끝내 바람맞고 돌아갔을지도 모른다. 아니, 어쩌면 그녀와 연인이 되어, 그녀의 커피 잔에 설탕과 프림을 몽글몽글 녹여 주었을 수도 있겠다.

내 마음대로 그를 해피 엔딩의 주인공으로 만들어 놓았을 때쯤, 망고 스무디가 나왔다. 딱딱한 얼음이 부드러운 스무디로 변하는 동안 홍안의 청년은 백발의 노인이 되어 있었다.

"아이고, 양이 꽤 많네. 이 집 많이 줘서 좋구먼."

칭찬에도 아무 반응이 없자, 노인은 무안했는지 덧붙였다.

"고마워. 내 다음에 또 올게."

기계가 할 일을 몽땅 떠맡아 하는 바람에 지쳐서였을까, 야속하게도 직원은 이번에도 무심하게 제 할 일만 했다. '감사합니다. 또 오십시오.'라는 직원이 해야 할 말을 손님이 먼저 해 준 셈이니, 대답을 안 할 수가 없겠다는 기대마저 무색해졌다.

노인은 처음 보는 기계 앞에서 당황한 나머지, 본의 아니게 폐를 끼친 것 같다는 생각이 들었을 것이다. 그래서 겸연쩍어하며 칭찬이며 인사를 늘어놓은 것 같은데, 연거푸 들은 척도 안 하다니! 말없이 나가는 노신사의 뒷모습이 어딘지 쓸쓸해 보였다.

키오스크. 이쪽 누군가에겐 편리한 기계이고, 저쪽 누군가에겐 낯선 쇳덩이다. 이쪽과 저쪽은 멀어 보이지만 결국 맞닿아 있다. 이쪽 사람은 저쪽으로 가는 중이고, 저쪽 사람도 이쪽에 있던 시절이 있었다.

나는 이쪽도 저쪽도 아닌 그 중간 어디쯤에서 서성이고 있다. 완전한 이쪽도 완전한 저쪽도 아니니, 더더욱 양쪽 모두를 이해할 수 있다. 앞으로 또 무슨 신문물이 나타나 친하게 지내자고 할지 모른다. 눈에 설고 손에 설더라도, 두려움 대신 설렘으로 반겨 줘야겠다. 아직은 가교 노릇을 하기에 딱 좋은 위치에 있으니 말이다.

추억도 버려야 하나요

"아이고, 이게 뭐냐? 집 좀 치우고 살아라."

엄마가 오실 때마다 하시는 말씀. 내 딴에는 쓸고 닦고 치웠는데도, 엄마는 성에 안 차는 모양이었다. 하긴, 엄마는 젊은 시절 시부모를 모시고 아이를 여럿 키우면서도 집 안은 늘 반들반들하게 유지했다. 딸은 엄마를 닮는다는데, 안타깝게도 나는 엄마만큼 부지런하고 깔끔하지는 못한가 보다. 베란다며 창고를 둘러보는 엄마 뒤를 졸졸 따라다니며, 사감 선생님 앞에 선 기숙사생이라도 된 양 주눅이 들었다.

"필요 없는 건 제발 좀 버려라, 버려! 정리는 버리는 것부터가 시작이야!"

멀티태스킹에 익숙한 엄마는 입으로는 호통을 치며 손으로는 이것저것 버릴 것을 집어냈다. 요즘 유행하는 미니멀 라이프의 선구자쯤 되는 엄마가 보기엔 죄다 버릴 것들일지라도, 내가 보기엔 버리면 안 될 것들이었다. 나중에 다 치우고 버릴 테니 일단 차부터 한잔 하시라며 식탁으로 잡아끌었다. 나는 수다 보따리를 풀어놓았고, 엄마는 반찬 보따리를 풀어놓았다. 현관문에서 돌아서면서도 제발 정리 좀 하라는 말을 잊지 않았다.

배웅하고 돌아오니 엄마의 신신당부가 생각났다. 일단 창고 정리부터 해 볼까? 팔을 걷어붙였다. 엄마가 버리라고 했던 상자 속에는 낡은 주판도 있었다. 소복이 내려앉은 먼지를 털어내니 손때가 타서 거뭇거뭇한 주판알이 드러났다. 계산기도 모자라 컴퓨터로 일하는 세상으로 바뀌어 오는 동안, 창고 한구석에서 서글픔을 삭이고 있었던 탓일까, 척 봐도 세월의 흔적이 역력했다.

지금은 뒷방지기 신세인 주판에게도 전성기가 있었다. 내가 어릴 때만 해도 그랬다. 집에서도 직장에서도 주판을 놓는 풍경을 어렵지 않게 볼 수 있었다. 어린이 지능 계발에도 주산(수판셈) 교육이 필수라고 광고했다.

초등학교 2학년 때였던가? 주판 놓는 법을 배운 적이 있다. 책상에 주판을 반듯이 놓고, 엄지와 검지를 모아 '드르륵' 하며 주판알을 가지런히 정리하고는 선생님의 목소리에 귀를 쫑긋 세웠다. "이백 팔십 오 원이요, 삼백 칠십 삼 원이요, 육백 오십 구 원이요, 칠백 육십 칠 원이요…." 하며 숫자를 부르시면, 재빠르게 주판알을 튕기며 부르는 숫자만큼 더해 갔다. 그러다가 "칠백 사십 일 원이면?" 하고 마지막 숫자를 부르면 덧셈이 끝났고, 얼른 손을 들어 큰 소리로 답을 말해야 했다. 무언의 경쟁이 벌어졌다. 다들 제일 먼저 정답을 발표하려는 욕심에 팽팽한 긴장감이 감돌았다. 그래서 주판을 놓을 때면 초집중 상태였다. 시끄럽고 산만하던 장난꾸러기 남자아이도 그때만큼은 오락실에서 게임할 때만큼이나 무아지경이었다.

지금은 디지털 시대다. 세월 따라 세상은 많이 변했고, 반짝반짝 빛나던 주판의 존재감은 빛이 바랬지만, 그때 그 아날로그 시절이 그리워졌다.

정말 이 주판을 버려야 할까? '필요 없는 건 제발 좀 버려라, 버려!' 하는 엄마의 목소리가 귓전에 맴돌았다. 창고 정리를 하겠다며 기세 좋게 들어섰을 때만 해도 마음은 이미 미니멀리스트였다. 현재 소용에 닿지 않는 물건은 가차없이 버릴 생각이었다. 그런데 정리를 시작한 지 얼마 되지 않아 주판 하나를 가지고 버릴까 말까 고민하고 있다니! 약해진 마음을 탓하면서도, 어느새 '이 주판을 버리면 안 되는 이유'를 찾고 있었다. 잊혀진 물건 덕분에 잊고 있던 어린 시절을 떠올렸으니, 그것만으로도 충분히 가치가 있다는 판단을 내렸다. 마침내 버리지 말자는 결론에 이르렀다. "이런 걸 아직도 안 버렸어?" 하는 엄마의 잔소리에 대답할 말도 생각해 놓았다.

"엄마, 추억도 버려야 해요?"

상자 속에서 주판을 꺼내 들었다. 주판 틀에서 훅 풍겨 오는 오래된 나무 냄새가 어릴 적 다니던 주산 학원 초급반 교실로 나를 인도했다. 정적을 깨고 숫자를 부르시는 선생님의 낮고도 묵직한 음성, 주판 위를 바삐 오가는 조그만 손들, 끝없이 들려오는 주판알 튕기는 소리…. 아련한 추억에 가슴이 따뜻해져 왔다.

오랜만에 주판을 놓아 보았다. 가볍게 튕겨지는 주판알 소리가 무척이나 청량했다.

T 같은 F의 농담

"나는 가슴이 두근거려요. 당신만 아세요. 열일곱 살이에요."

라디오에서 노래가 흘러나왔다.

"가슴이 두근거리면 공황 장애나 심장 질환 의심해 봐야지."

지나가던 남편이 무심하게 뱉은 한마디였다. 뜬금없는 말에 당황스러워하고 있는데, 노래는 계속되었다.

"나는 얼굴이 붉어졌어요."

남편이 또 한마디했다.

"얼굴이 붉어져? 갱년기 대표 증상이잖아. 안면 홍조!"

툭툭 던지는 한마디 한마디에 이미 면역이 되었는지, 이번엔 웃음이 터져 나왔다.

"아니, 무슨 소리야? 좋아하는 사람 때문에 마음이 설레서 가슴이 두근거리는 거지. 수줍어서 얼굴이 붉어진 거고. 잘 들어 봐. 열일곱 살이라잖아. 이 노래 제목부터가「나는 열일곱 살이에요」라구!"

열일곱 살 소녀의 풋풋한 사랑의 감정이 담긴 노래 가사를 제대로 듣지 않고 증상만 듣고 진단을 내려 버리는 남편이나, 어쩌면 농담일지도 모르는 말을 그냥 지나치지 못하고 진지한 설명을 늘어놓는 나나 엉뚱하기는 마찬가지였다.

화제는 MBTI로 넘어갔다. T(사고형)냐 F(감정형)냐 하는 이야기가 나오자, 남편은 망설임 없이 자신을 T라고 했다. 사실과 근거에 입각해 냉철하고 객관적인 분석을 통해 이성적이고 합리적인 판단을 하는 사람이라며 자화자찬을 늘어놓았다. 나도 논리적 사고, 원칙 중시에 있어서는 둘째가라면 서러운 T라며 지지 않았다. 서로가 서로 앞에서만 보일 수 있는 모습이었다.

"어쨌거나 우리는 둘 다 T라는 거네?"

남편이 결론을 내렸다. 순간, 이상하게도 그 말에 동의할 수 없었다. 조금 전까지만 해도 나 자신을 T라고 우겼는데, 아닐 수도 있다는 생각이 들었다. 조카 선물을 사러 남편과 백화점에 갔던 날이 떠올랐기 때문이다.

그날 사탕 코너 앞에서 형형색색의 사탕들을 보니 중학교 교과서에 실렸던 폴 빌라드(Paul Villiard)의 작품 「이해의 선물」이 생각났다. 오는 길에 서점에 들러 찾아보니, 요즘은 「위그든 씨의 사탕 가게」라는 제목으로 많이 알려져 있는 것 같았다. 내용은 위그든 씨라는 사탕 가게 주인 할아버지가 어린아이의 동심을 지켜 주고, 그 어린아이가 훗날 어른이 되어 그때 생각을 하며 또 다른 동심을 지켜 주었다는 이야기다.

어린아이가 사탕을 이것저것 집어들고 버찌씨 여섯 개를 사탕 값이라고 내밀며 걱정스러운 얼굴로 "모자라나요?" 하고 묻자, 사탕 가게 주인 위그든 씨가 장난하냐며 화를 내는 대신 "아니, 좀 남는데…." 하고 동심을 지켜 주는 대목에서 눈물이 날 것 같다는 내 말에, 남편은 기상천외한 이야기를 쏟아 냈다.

"아마 다음 날부터 그 가게에 버찌씨 든 아이들이 떼로 몰려올 거야. 거기 가면 돈 안 내고 사탕을 먹을 수 있다고 소문났을 테니까. 그 위그든이란 사람 곤란해지겠네. 아니다, 어차피 아이 엄마한테 말해서 돈 받으면 되니까 아무것도 모르는 애한테 화낼 필요 없는 걸 수도 있겠네. 아마 그 아이 나가고 외상 장부에 적었을 걸? 누구, 얼마 외상! 제목도 바꿔야 해! 「위그든 씨의 사탕 가게」가 아니라 「위그든 씨의 외상 장부」로!"

감동의 눈물이 나오려다 말고 쏙 들어갔다. 동심을 지켜 주려는 아름다운 진심을, 비릿한 현실 깊숙한 곳으로 밀어 넣어 버리다니! 그래도 어떻게든 남편의 감동을 이끌어 내고 싶은 마음에 이야기를 이어 갔다.

"그 어린아이가 성인이 되어 열대어 가게를 하는데, 어린 남매가 와서 말도 안 되는 적은 돈으로 물고기를 사겠다고 했어. 그런데 갑자기 옛 생각이 떠오른 거야. 위그든 씨 가게에서의 일 말이야. 그래서 그 옛날 위그든 씨처럼 동심을 지켜 주고자 터무니없는 값을 받고 열대어를 내 줘. 모자라냐고 묻는 아이에게 아니라며 거스름돈까지 내

주면서. 어찌 된 영문인지 모르는 아내에게, 어릴 적 위그든 씨와의 이야기를 들려줘. 그러자 아내는 눈물까지 글썽이며 뺨에 입을 맞추었어."

"음…, 그건 말이야…."

남편은 잠시 생각에 잠기는 듯했다. 드디어 내 감동에 공감을 하는 것인가 싶어 귀를 쫑긋 세웠다.

"그건, 남은 재고라 싸게 처분했을 수도 있지."

내 기대는 보기 좋게 빗나갔다. 이번에도 지극히 현실적인 추측이었다.

"그리고 눈물을 글썽이며 뺨에 입을 맞추었다고? 눈물 글썽이며 뺨을 때리지나 않았으면 다행이지. 요새 같으면 그 남자 뺨까진 아니더라도 등짝은 맞았을 거다. 요새 자영업이 얼마나 힘든데. 그 시절엔 경기가 좋았나 보네."

며칠 전에 같이 본 드라마의 한 장면을 떠올린 것 같았다. 사정이 딱한 손님들에게 번번이 음식값을 깎아 주는 남편. 그런 남편의 등짝을 마구 치며, "으이구, 이 인간아! 가겟세 올려 달라는 말 못 들었어? 요새 가뜩이나 장사도 안돼서 죽겠구만!" 하고 성질부리는 아내. 하긴, 현실감 있는 상황 설정과 리얼리티 면에서는 단연 드라마가 압도

적이었다. 웃자고 덧붙인 말인 것을 알기에, 그저 웃고 말았다.

때로는 감성 가득 품고, 때로는 동심으로 돌아가 감동 좀 하려다가도 생각지도 못한 남편의 발언 때문에 산통이 깨진 적이 한두 번이 아니다. 노래 가사도, 문학 작품도 현실에 빠뜨려 분석하고 파헤쳐 버리니 감성 파괴자, 동심 파괴자가 따로 없다고 하는 내 말에, "난 T거든!" 하고 응수하는 남편. 예술에 대한 그의 현실 밀착형 해석은 가끔 너무 현실적이라 코믹하기까지 하다.

나는 종종 감동을 한다. 하지만 눈물을 보이는 건 너무 창피하고 민망하다. 이를테면 나는 '눈물을 보이고 싶지 않은 F'인 것 같다.

그러고 보니 감동의 눈물이 터져 나오려 할 때마다 내 눈물샘을 막아 주는 것은 'T의 농담'이다. T의 관점을 고수하면서도 유머와 위트를 가미해 풀어내는 남편의 이야기를 듣고 있으면, 눈물이 떨어지려다가도 웃음이 나온다. 눈물을 참으려는 필사적인 노력을 할 필요가 없게, 그저

　하이힐은 반 뼘의 마법이다

자연스럽게 눈물을 감출 수 있게 도와주는 그만의 방식. 드러나지 않지만 세심한 배려. 혹시 남편이야말로 F가 아닐까? 눈물을 닦아 주는 것, 같이 눈물을 흘려 주는 것보다 눈물 흘리는 모습을 보이기 싫은 내 마음을 알아주는 것이 나에게 딱 맞는 공감 방식임을 그는 아는 것 같다.

아이러니하게도 감동의 눈물을 원천 봉쇄해 버리는 것은 고도의 공감 능력이다. 울다가 웃으면 부끄러울 테니 울음이 나오기도 전에 웃어 버리라는 것. 'T의 농담', 아니, 'T 같은 F의 농담'의 진정한 의미가 아닐까.

제3부
추억을 말해도 될까요?

오늘도 나는 밥하러 간다

'밥하러 간다!'

운전이 서툴다고 잔뜩 핀잔을 들은 중년 부인이 자동차 뒤 유리에 붙여 둔 '초보운전' 종이를 떼어 내고 다시 붙인 문구라는 우스개에 한참을 웃은 적이 있다. "아줌마가 차는 왜 끌고 나왔냐? 김 여사는 집에서 밥이나 하지." 하던 남성 운전자들의 비아냥거림에, 거리에서 한판 붙어 싸우는 대신 호방한 위트로 맞서 멋지게 제압하다니! 통쾌하면서도 씁쓸함이 뒤따라왔다.

운전에 미숙한 여성을 조롱하는 '김 여사'도 성차별적 표현이거니와, '밥이나 하지'라는 말도 문제가 많아 보였다. 밥하는 일을 허드렛일쯤으로 여기는 것 같아서였다.

이 같은 편견이 어제오늘의 일은 아닌 듯하다. 가부장적 분위기가 지배하던 시절, 가사 도우미를 낮잡아 이르던 말도 밥 식(食)자를 쓴 식모(食母)였던 것을 보면, 밥하는 일을 얼마나 하찮게 여겼는지 알 만하다.

진정 밥의 가치와 의미를 몰라서였을까? 섣불리 단정할 수는 없다. "진지 잡수셨습니까?"가 인사이고, '이밥에 괴깃국' 먹는 것이 소원이던 시절이 있었다. 눈부신 경제 성장에 힘입어 모두 옛말이 되어 버린 요즘도 걸핏하면 입버릇처럼 중얼거리는 말이 있다.

"다 밥 먹고 살자고 하는 일이지."

일 위에 밥이 있다는 뜻이다. 공부를 하고 자기 계발을 해서 일자리를 얻고, 일을 해서 밥을 얻는다. 결국 인생의 대부분이 밥을 얻기 위한 시간으로 귀결된다는 이야기인데, 그만큼 밥은 소중한 가치를 지녔다는 것이 아닐까?

그도 그럴 것이, 밥을 사이에 두고 안 먹겠다는 아이와 따라다니면서라도 기어코 먹이고야 말겠다는 엄마가 사투를 벌인다. 자녀를 서울로 유학 보낸 시골 부모의 염려도 결국 밥 잘 챙겨 먹으라는 당부로 끝난다. 실연당한 친구를 위로할 때 제일 먼저 꺼내는 한마디도 "밥은 먹고 다니냐?"다. 외출했다가도 끼니때가 다가오면 다급해지는 주부의 마음도 식구들 밥 때문이다. 아들딸네 집에 와 계시는 할머니가 자식들이 붙잡아도 한사코 뿌리치고 며칠 만에 돌아가는 이유도 할아버지 진지가 걱정되어서다.

이 정도면 밥 자체를 무시하는 것은 아닌 듯하다. 과거 오랫동안 여성의 사회적 지위는 보잘것없었다. 철저한 남성 위주의 사회에서 여성이 무시당하다 보니 여성의 주요 업무였던 밥하는 일까지도 덩달아 무시당하게 된 것이 아닌가 싶다. 즉, 여성을 무시했기 때문에 밥하는 일도 무시했던 것이지, 밥 자체를 우습게 여기지는 않았던 것 같다.

밥. 무시는커녕 사는 데 필수적이라 당연하게 여기는 것 중 하나가 아닐까? 공기나 물처럼 말이다. 탈곡한 벼를 도정하여 속살을 드러내면 쌀이 되고, 씻고 불리고 익혀 사람 입속으로 들어갈 준비를 마치면 밥이 된다. 밥의 의미가 단순히 이것만이라면 공기나 물에 비견될 수는 없을 것이다. 밥이 가진 또 다른 의미가 진정 밥의 가치를 말해 준다. 쌀밥에 김치찌개를 먹었거나 짜장면을 먹었거나 피자를 먹었어도 밥 먹었냐는 질문에 그렇다고 대답한다. 밥이 끼니로 먹는 음식물의 대명사이기 때문이다.

인간 생존에 필수적인 요소이니 어찌 중하지 않을 수 있으랴! 그러면서도 워낙 기본적인 것이라 그런지, 밥에 깃든 정성에 대해서는 무심하다.

나도 그랬다. 매끼 밥상을 받을 때마다 막연한 감사를 했을 뿐, 한 끼 밥상을 차리기 위한 수고로운 손길에 대해서는 별 관심이 없었다. 내가 먹는 삼시 세끼가 자판기 커피처럼 동전만 넣으면 바로 나오는 것이 아니라는 걸 예전엔 몰랐다.

결혼 후 내가 직접 요리를 하기 시작하고 나서 알았다. 냉장고에 항상 들어 있는 줄 알았던 마른반찬 한 가지도 재료 손질부터 양념 배합과 적절한 불 조절을 거친 결과물이라는 것을. 그냥 물에 끓여 내기만 하면 되는 줄 알았던 국수 한 그릇도 갖가지 재료로 상당 시간 육수를 우려 내야 맛있게 완성된다는 것도 그때쯤 알았다.

손이 느린 초보 주부는 한 끼 먹을 평범한 식사를 준비하는 데 꼬박 두 시간이 걸렸다. 매번 일일이 눈금을 확인하고 비율을 맞추고 시간을 재며 조리했으니 그럴 수밖에. 중학교 가정 시간에 배운 기억을 끄집어내어 쌀과 1.2~1.5배의 물을 넣고 밥을 지었다. 칼 잡는 법부터

가르쳐 주는 왕초보 요리교실에서 배운 대로 물 두 컵
(400ml)에 된장 두 큰술(30cc)을 넣어 된장찌개를 끓였다.
파스타 면은 봉지에 적힌 설명대로 타이머를 8분으로 맞
춰 두고 삶았다.

요리를 숫자로 배웠다. 몇 컵, 몇 큰술, 몇 분…. 음식
한 가지 만들 때마다 숫자가 머릿속을 가득 채웠다. 문득
계량도 하지 않고 된장을 뚝뚝 떠넣고 볶음 팬에 간장을
휘리릭 붓던 엄마의 능수능란한 손동작이 떠올랐다. 대강
하는 것 같아 보였는데 신기하게도 언제나 간은 딱 맞았
다. 그런 경지에 오르기까지 엄마는 얼마나 많은 밥상을
차려 냈을까.

도처에 식당이 널려 있고 세계 각국의 산해진미를 골라
먹을 수 있다. 한 걸음 걸어 나가는 것조차 귀찮으면 전화
한 통, 클릭 몇 번으로 가만히 앉아서도 먹고 싶은 음식을
배달 받을 수 있다. 외식 문화의 홍수 시대다. 집에서 직
접 끼니를 장만하는 것이 괜히 사서 고생하는 것처럼 느
껴질 수도 있다.

몇십 년을 살려고 집을 '짓고' 몇 년을 입으려고 옷을

'짓는데', 한 끼를 먹으려고 밥을 '짓는다'는 것이 바쁜 세상에 미련해 보일 수도 있다.

그래도 나는 밥하러 간다. 시답잖았던 사춘기의 고뇌도, 가슴 한구석을 짓눌렀던 시험에 대한 중압감도, 두통에 시달리게 했던 업무 스트레스도 집에 오면 어김없이 차려져 있는 밥상 덕분에 이겨 내고 떨쳐 낼 수 있었다는 것을 알기에. 수백수천 번의 시행착오를 반복하며 달인의 경지에 올랐을 엄마의 밥상이 나를 키운 것을 알기에.

오늘도 나는 밥하러 간다.

추억을 말해도 될까요?

"저럴 때가 좋을 때지."

놀이터 근처를 지나며 초등학생 조카가 말했다. 유치원생 아이들이 재잘거리며 노는 것을 보고 하는 소리였다. 내가 보기에는 저나 그 애들이나 다 같은 어린아이일 뿐이어서 피식 웃음이 났다. '하긴, 어릴 때는 네댓 살 차이가 클 수도 있지.' 하며 애써 이해하고 보니, 이유가 궁금해졌다.

"왜 좋을 땐데?"

"스트레스가 없잖아."

연타로 맞은 충격! 조그만 녀석의 입에서 나오는 얘기들치고는 꽤 심각했다. 내 표정을 보고 추가 설명이 필요하다 느꼈는지, 조카는 말을 이었다.

"공부 안 해도 되니 얼마나 좋아. 학교 숙제에, 학원 시험에, 맨날 스트레스 받지 뭐."

아이는 다음 날 있을 영어 학원 레벨 테스트가 무척 걱정이 되는 모양이었다.

"나도 저럴 때가 있었는데…. 그때가 좋았어. 이제는 다 추억이지."

'좋을 때'라느니 '스트레스'라느니, 해맑은 얼굴로 어울리지 않는 말만 내뱉던 녀석의 입에서 급기야 '추억'이란 단어까지 튀어나왔을 때, 나는 당혹을 참을 수 없었다.

"으이구, 이 녀석! 너는 바로 지금이 추억이 되는 때야! 지금이 좋을 때라고!"

말해 놓고 보니 미안했다. 나도 그만할 때는 그때가 추억이 될 줄 몰랐으니까. 어릴 적의 나도 나름대로 걱정거리가 많았던 것 같다. 시험 못 볼까 봐 걱정, 장난 심한 짝꿍 만날까 봐 걱정, 무서운 선생님 만날까 봐 걱정…. 소심한 성격에 하루라도 걱정을 안 했을 리가 없다. 분명 그때는 인생 최대 고민거리였을 텐데, 지금은 잘 생각도 나지 않는다.

그저 좋았던 기억만 떠오른다. 사회 분위기도 밝고 역동적인 그 시절이었다. 어제보다 오늘이 낫고 오늘보다 내일이 나을 거라는 희망이 있었다. 86 아시안 게임, 88 올림픽으로 온 나라가 축제 분위기였고, 뉴스에선 연일 누가 메달을 땄다, 경제 성장률이 이만큼 증가했다는 희소식을 보도했다. 6·29선언이 뭔지는 잘 몰랐지만, 식당마다 ‘오늘 식사 무료 제공합니다.’라고 써 붙인 걸 보고 그냥 굉장히 좋은 일인가 보다 했다. 어딘가에선 화염병이 날아다니고 최루탄이 난무하는지도 모르고 나의 유년 시절은 평화롭기만 했다. 경제적으로나 정치적으로나 나라가 쭉쭉 성장하는 동안, 나의 성장기도 함께하고 있었다. 나는 나의 80년대를 사랑한다.

내가 고무줄놀이로 동네를 평정하고 저녁 먹으라고 부를 때까지 뛰놀던 그 시절, 엄마는 무척 힘들었을 것이다. 편찮으신 시부모님을 모시고 어린아이들을 여럿 키우는 것이 보통 고단한 게 아니었을 것이다. 엄마는 그때를 어떻게 기억하고 있을까?

“참 힘들었지. 그래도 괜찮아. 지금은 다 추억이 되었거든.”

의외였다. 어린 날의 기억 속에 간혹 스치는 엄마의 지친 표정만으로도 그 고된 시간들이 짐작이 가는데, 정작 고생의 당사자는 '추억'이라고 하다니!

"좋았던 적도 많았어. 어느 날 할머니가 '이리 고생시켜서 어쩌누. 미안하다.' 하시면서 손을 꼭 잡아 주시더라고. 또 애들 키우는 재미도 있었고. 모두 건강하게 잘 자라 주었으니."

지난 일은 다 미화되기 마련인가? 힘들었던 기억은 쏙 빠지고, 시부모님의 사랑과 아이들 자라나던 모습을 지켜보던 기쁨만 온전히 추억으로 남은 것 같았다.

"지금 네 나이가 참 좋을 때다."

덧붙이는 엄마의 말에 내가 조카에게 했던 말이 오버랩되었다. 지금이 추억이 되는 나이라고?

생각해 보니 그럴 수도 있겠다. 나이란 상대적인 것이니, 나보다 나이가 많은 사람이 보기에는 지금 내 나이가 한창 좋을 때로 보일 수도 있을 것이다. 엄마가 아니라 남이라면 어린(?) 것이 어디 추억 운운하냐며, 우습다고 할 수도 있겠지. '네가 감히 추억을 말해?' 하는 마음으로.

그렇다면 대체 추억을 말할 권리는 몇 살부터일까? 추억

함에 있어 특별한 자격은 없는 것 같다. 엄마는 나더러, 나는 초등학생 조카더러, 조카는 유치원생 아이들더러 '좋을 때'라고 했다. 다들 그때는 그때가 추억이 될 것이란 걸 몰랐을 뿐이다.

옛날 앨범, 옛날 일기장은 추억 종합 선물 세트다. 나의 어린 날, 분명 내가 지나온 세월인데 낯설기까지 하다. 한참을 보다 보면 미소가 지어진다. 조금 더 들여다보면 눈물이 난다. 슬픈 영화를 봐도 눈물까지는 안 나오던데, 추억 앞에선 눈물이 난다. 너무나 아름다워서다. 어쩌면 아련함과 아름다움은 동의어가 아닐까?

영어 학원 레벨 테스트에서 좋은 성적을 받은 조카는 방학 때 호주로 어학연수를 떠났다. 방학이면 시골집에 놀러 가던 우리 세대로서는 격세지감을 느낀다. 세대마다 추억의 모습은 다르겠지만, 그 모든 추억은 다 소중하다. 조카에게 조그만 녀석이 무슨 추억을 말하냐고 핀잔준 것을 반성한다. 추억을 말하는 데에 연령 제한은 없으니까!

애들은 가라

오랜만에 찜질방에 갔다. 주변에 유명한 관광지가 있어 전국에서 찾아오는 곳이라던데, 참숯방, 자수정방, 황토방, 소금방, 편백나무방, 맥반석방 등 다양한 재료로 만들어 놓은 방들이 잘 꾸며져 있었다. 각 방 입구 옆에 써 붙여 놓은 재료의 효능을 읽어 보고는, 하나하나 들어가 보았다. 방마다 다니며 맛보기로 잠깐씩 있다가 나왔는데도 꽤 시간이 흘렀다.

한 군데만 더 들렀다 갈 생각으로 둘러보는데, 눈에 띄는 곳이 있었다. '불한증막'. 익숙한 단어지만, 붉고 커다란 글씨부터가 심상찮았다. 그러고 보니 이름도 다른 방들처럼 '재료+방'의 형식이 아닌, '불'과 '한증막'의 결합이

지 않은가? 알고는 있었지만 한 번도 직접 들어가 보지는 않은 곳. 새삼 두려움마저 느껴졌다. 아니나다를까, 할머니 찾으러 온 초등학생이 문을 빼꼼 열어 보더니, 불에 데기라도 한 듯 "앗, 뜨거워!" 하고 질겁하며 도망가는 것이었다. 그 모습에 오히려 호기심이 일었다.

직원이 건네준 거적을 뒤집어쓰고 조금 남아 있던 두려움을 애써 떨쳐 버리고는 불한증막 안으로 들어갔다. 차원이 다른 압도적인 열기가 느껴졌다. 한쪽 구석에 자리를 잡고 앉아 있는데, 얼마 지나지 않아 멍석 위로 땀이 한두 방울 떨어졌다. 이왕 들어왔으니 땀을 쪽 빼고 가는 게 나을 것 같아 자세를 이리저리 바꿔 가며 어떻게든 버티고 있는데, 주위를 둘러보니 나만 빼고 모두 편안한 듯했다. 바로 옆에 계신 할머니 세 분만 봐도 그랬다. 참선이라도 하듯 가부좌를 틀고 앉아 계신 분, 팔을 베고 비스듬히 누워 계신 분, 아예 대자로 누워 계신 분. 저마다 포즈는 다르지만 표정은 하나같이 평온했다.

모래시계의 모래가 거의 다 떨어져 내렸을 때쯤, 잠깐이라도 나갔다 다시 올까 하고 일어서려는데, 옆에서 두런두런 말소리가 났다. '가부좌 할머니'였다.

"내가 이 야쿠르트만 보면 옛날 생각이 나서….."

'야쿠르트'. 오랜만에 듣는 단어가 귀에 꽂혔다. '요구르트'보다 '야쿠르트'라는 발음에 왠지 정감이 갔다. '옛날 이야기'가 개봉박두인 것 같으니, 나가는 것은 일단 보류! 이야기는 젊은 시절 남편이 사업에 실패하고 빚 독촉에 시달리던 시절부터 시작되었다.

"집에서 살림만 하다가 갑자기 돈벌이에 나서려니 막막하더라고. 닥치는 대로 이 일 저 일 다 해 보다가 하게 된 게 야쿠르트 아줌마였어. 야쿠르트 가방, 그거 되게 무겁거든. 하루 종일 그걸 메고 동네 구석구석 다 돌아다니다 보면, 추울 때도 힘들지만 더울 땐 더 힘들었어. 한여름엔 진짜 어휴…. 너무너무 더워서 도저히 못 견디겠다 싶으면 야쿠르트 하나 꺼내 먹었지. 근데 그것도 웬만하면 안 먹고 참았어. 하나라도 더 팔려고. 집에 와도 편하질 않았어. 시어머니 때문에. 애들 아빠 사업 망한 것도 내 탓, 아들 못 낳은 것도 내 탓. 그래도 한마디도 못했어. 애들을 어머님한테 맡기고 다녔거든."

'야쿠르트 아줌마'. 어릴 적 우리 동네에도 계셨다. 야쿠르트 색과 비슷한 살구색 옷을 입고, 커다란 가방을 메고

가가호호 다니며 배달을 했다. 그늘에 앉아 잠시 쉴 때면, 동네 아주머니들과 이런저런 세상 사는 이야기를 나누던 입담 좋은 아주머니였다. 유쾌한 얼굴로 돌아설 때면, 야쿠르트 가방이 무거운지 한쪽 어깨가 축 처져 있던 뒷모습. 그 쓸쓸한 반전에 겹쳐 떠오른 것은, '사모님'으로 살다가 생활 전선에 뛰어든 '아줌마'가 된 '가부좌 할머니'의 젊은 시절이었다.

"지금은 다 괜찮아. 애들도 다 컸고."

이야기를 마친 할머니가 가부좌를 풀고 야쿠르트에 빨대를 꽂아 옆 할머니들에게 주었다. 땡볕 속에서 먹던 야쿠르트와 불한증막에서 먹는 야쿠르트. 같은 듯 다른 맛일 것 같았다.

"그래도 성님은 시어머니가 계셔서 애라도 봐주셨구먼. 난 시부모님이 일찍 돌아가셔서 시집살이는 안 했슈. 근디 우리가 큰집이라 명절 차례에 제사까지 일 년에 열 번도 넘었슈. 못해도 한 번에 스무 명은 넘게 왔다 갔다니까유. 음식 장만만 해도 만만찮았지유. 근디 그건 처음에만 힘들었지 여러 번 하다 보니 아주 이골이 났어유."

비스듬히 누워 있던 할머니가 몸을 일으키며 말했다.

고생담 릴레이라도 펼쳐진 걸까? 그 두 번째 주자는 '팔베개 할머니'였다. 구수한 충청도 사투리가 인상적이었다. 음식 장만보다 힘든 일은 따로 있었다고 했다. 자고 가는 친척들을 위해 이불 빨래며 밥 수발은 물론, 갈 때 여비까지 챙겨 주어야 했던 것. 지친 표정 감추느라 웃어야 했던 것. 아니, 수고했다며 용돈을 주고 가도 모자랄 판에 대접은 대접대로 받고 돈까지 받아 갔다니! 도무지 이해가 가지 않았지만, 거기서 고생담이 끝나면 그나마 다행이다 싶었는데, 더 남아 있었다. 좁은 집이 터져 나가라 북적이던 친척들이 모두 돌아간 뒤에도 한동안 음식 냄새가 빠지질 않았고, 닦아도 닦아도 지워지지 않는 기름기 때문에 온 집안이 끈적거려, 며칠에 걸쳐 대청소를 했다고 했다.

작은 집에 살면서 큰집 노릇을 해야 했으니, 젊은 새댁이 집안 행사의 총책임자 노릇을 해야 했으니, 얼마나 버거웠을까. 고단한 몸 이끌고 온종일 바삐 움직이며, 아무리 힘들어도 그러려니 하고 넘겨야 했겠지.

"지금은 집도 그때보다 넓고, 제사도 줄였고, 괜찮아유."

'팔베개 할머니'의 이야기가 끝나자, 바통을 이어받은 듯 옆에 대자로 누워 계시던 할머니가 일어나 앉았다.

"그래도 시집 식구들 치다꺼리 안 한 기 어데고? 내 고생한 거, 말도 못한데이. 시동생들하고 시누이 차례로 데리고 있었는데, 새벽밥 해 먹이고, 도시락 싸 주는 거야 내 몸 좀 더 움직이면 되는 거니 글타 치고, 없는 살림에 용돈에 학비까지 보태려니 아주 등골이 빠졌다카이. 참, 시누이는 시집갈 때까지 끼고 있었다아이가. 내 입으로 이런 말하면 공치사한다, 생색낸다 소리나 듣겠제. 내가 해준 거 갚으라는 생각은 한 번도 안 해 봤데이. 애초부터 뭐 바라고 한 것도 아니고. 그저 맏이한테 시집왔으니 내가 해야 할 일 한 기라. 그래도 가끔 섭섭하고 야속할 땐 있더라고. 야튼, 인자는 괜찮아. 다 잘살고 있으니 됐지."

'대자 할머니'는 카랑카랑한 목소리로 시작한 이야기를 담담한 목소리로 끝맺었다. 시댁 식구들은 부모 대신 건사해 준 형수님, 올케언니의 은공을 다 갚지는 못하더라도 알고는 있었겠지? 남편은 아무 대가도 바라지 않고 묵묵히 희생한 아내에게 수고했다는 한마디 인사말이라도 했겠지? 꼭 그랬기를!

'가부좌 할머니', '팔베개 할머니', '대자 할머니'는 각각 서울 말씨, 충청도 말씨, 경상도 말씨로 자기 이야기를 털어놓았다. 고생담 하나로 전국 대통합이 이루어질 기세였다가도, 서로 자기가 제일 힘들었다고 할 때면, 누가 더 많이 고생했나 '고생 배틀'이라도 벌어진 것 같았다. 막상막하의 배틀! 각 이야기 속 주인공을 나는 손에 땀을 쥐고 응원했다. 제발 지라고! 그러다 결국 들려오는 '지금은 괜찮다'는 해피 엔딩! 승패를 무의미하게 만드는 그 한마디에 가슴이 시원해졌다.

이야기 장단에 도낏자루 썩는다고, 정신 차려 보니 어느덧 시간이 훌쩍 지나 있었다. 수건이 땀으로 푹 젖어 있고, 온몸이 후끈후끈한 것이 그제야 느껴졌다.

"나보다 세 살 위라고 하셨지유? 근디 성님은 어디서 오셨수?"

"우리 집은 멀어. 지금 잠깐 딸네 와 있는 거고."

"나도 멀리서 왔데이. 요 근처 절에 왔다가 찜질이나 하고 갈라고 와 본 기라."

이야기를 들어 보니, 세 할머니는 그날 불한증막에서 처음 만난 사이였다. 놀라움과 충격! '성님' 호칭이나 반말은

그렇다 치고, 고생보따리 짊어지고 살았던 젊은 날의 이
야기를 처음 본 사람들 앞에서 전혀 거리낌 없이 술술 풀
어놓다니! '일견여구(一見如舊)'의 실사판을 1열에서 직접
관람한 것 같았다.

어쩌면 처음 만난 사이이기에, 다시 못 볼 사이이기에,
오히려 마음놓고 속 이야기를 털어놓았을 수도 있겠다는
생각이 들었다. 가슴속에 담고 있던 말을 쏟아 낼 때, 오
랜 세월 맺힌 응어리까지도 터져 나왔으리라. 속병이고
화병이고 말을 못 해 끙끙 앓다가 생기는 것이고, 그저 누
가 이야기를 들어주기만 해도 마음이 한결 편해지는 법인
데, 한바탕 한풀이하듯 묵은 속엣말을 토해 내고, 들어 주
며, 서로가 서로를 치유해 준 것이 아닐까?

"어이구, 시원하다!"
뜨거운 불한증막에서 할머니들은 연신 땀을 닦으며 "시
원하다!"를 연발했다. 어릴 때 뜨거운 국을 마시며 "어이
구, 시원하다." 하는 아빠에게 "어? 내 껀 뜨거운데? 내
꺼하고 바꾸자." 했던 기억이 났다. 그때나 지금이나 시원
한 것이 뜨겁게만 느껴지는 나는 더 견디지 못하고 불한

증막을 나왔다.

문득 문 앞에 써 붙인 주의 문구가 눈에 들어왔다.

'몹시 뜨겁습니다.'

'인생의 뜨거운 맛을 볼 만큼 보고 나서야 그 참맛을 알수 있는 곳입니다.'라는 뜻 같았다. 뜨거움이 뜨뜻하고 노곤하다 못해 시원하게 느껴지는 경지에 이른 '진짜 어른'들만 들어오라는 뜻 같았다. 뜨거워서 살이 익는 줄 알았다고, 손부채질을 하며 호들갑을 떠는 나에게 이렇게 말하는 것 같았다.

"애들은 가라!"

삼대의 결혼식

"아직 애긴 줄 알았는데, 언제 이렇게 다 커서 시집을….”

신부 대기실에 들어서자마자 이모는 눈물을 글썽였다. 나는 일어나서 손이라도 부여잡고 싶었지만, 그냥 앉아서 맞을 수밖에 없었다. 웨딩 숍 직원의 신신당부 때문이었다.

"신부님은 입장 전까지 가만히 앉아 계셔야 해요. 앉았다 일어섰다 하면 웨딩드레스 모양 잡아 놓은 거 다 망가지거든요. 참, 고개도 숙이지 마세요. 티아라 흔들리면 다시 고정하기 힘들어요.”

일어서지도 고개를 숙이지도 못하니 그림처럼 앉아서 미소로만 축하 인사에 답했다. 이래도 되는가 싶었지만, 밖에서 부모님과 신랑이 예를 갖춰 정중하게 하객을 맞이

하고 있다고 생각하니, 마음이 좀 편해졌다.

나를 꼼짝달싹 못하게 만든 직원의 당부도 영 얼토당토 않은 것은 아니었다. 아름다운 신부 입장을 위해 들인 정성은 신부인 나조차도 놀라게 했으니 말이다. 웨딩드레스가 구겨질까 봐 조심스레 옷매를 매만지고, 레이스를 하나하나 펼쳐 트레인을 풍성하게 부풀렸고, 머리장식과 면사포는 수십 개의 핀으로 일일이 고정시켰으며, 티아라는 두상과 헤어스타일까지 고려해 위치를 몇 번이고 바꿔 가며 씌웠다. 흡사 예술 작품을 탄생시키는 과정 같았다. 그렇게 공들여 꾸며 놓았으니 무엇 하나라도 흐트러질까 봐 노심초사하는 것은 당연한 일이었다.

문득 엄마의 당부가 오버랩되어 왔다. 시집가면 시부모님께 잘하고, 신랑에게 잘하고, 시누이에게 잘하라고 했다. '잘한다'는 것은 시댁 식구를 귀하게 대하고 항상 상대방의 마음을 헤아려 주고, 먼저 베푸는 것이었다. 엄마 말씀 그대로만 하면 나는 세상에서 제일 착한 사람이 될 것 같았다. 그런데 그 이야기를 내 돌 사진을 보며 하는 것이었다. "요만하던 게 언제 다 커 가지고…." 하면서. 배 속에 품었을 때부터 이날 이때까지 그저 자식 잘되기만을 바라며 온갖 정성으로 키웠는데, 이제 부모 품을 떠나 시집가서 무슨 조그만 실수라도 할까 봐 염려되는 심정이었겠지. 엄마의 당부는 그 때문이었던 것 같다.

서운함보다는 걱정이 컸기 때문인지 엄마는 눈물을 보이지 않았다. 그런데 이모가 눈물을 보이니, 친척들은 오십 줄에 들어서도 막내티를 내냐며 이모를 놀려댔다.

"그러다 애도 따라 울라. 눈물범벅이 돼서 신부 화장 다 지워지면 책임질 거야?"

누군가 농담 반 진담 반으로 한 말에 이모도 눈물을 거두었다.

나는 그날 이모의 눈물을 처음 보았다. 젊을 적 이모는 발랄하고 쾌활한 아가씨였다. 엄마는 가끔 주말에 외출할 일이 있으면 우리 자매를 이모에게 맡기곤 했다. 이모는 우리와 잘 놀아 주었다. 지금 생각하면 고마운 일이다. 황금 같은 주말에 어린 조카들을 돌보면서도 싫은 내색 한 번 하지 않았으니 말이다. 늘 다정하게 간식도 챙겨 주고, 옛날이야기도 해 주었다. 라디오에서 아는 노래가 나오면 다 같이 따라 부르며 춤도 추었다.

이모가 시집가던 날, 면사포 사이로 웃는 모습이 예뻤던 기억이 난다. 평소에도 생글생글 웃는 얼굴이었지만, 그날은 특별히 행복해서 웃는 웃음 같았다. 이모부가 되실 신랑은 어린 내 눈에도 훤칠한 미남으로 보였으니, 신부인 이모 눈에는 옥골선풍 왕자님으로 보였을 것이다. 조금 전까지만 해도 "이제 이모가 우리 집에 예전처럼 자주는 못 올 거야." 하는 엄마 말에 서운해하던 내가, 결혼식 내내 이모의 행복한 웃음을 보면서 기분이 좋아졌다.

그런데 어른들 생각은 다른 것 같았다. "결혼식 날 신부가 웃으면 첫딸 낳는다던데…." 하는 말끝에, "어쩌나!" 하고 덧붙였다. 그 말을 하는 어른들의 표정이 마치 "말 안 듣는 아이들은 망태 할아버지가 잡아간다던데…." 할 때의 엄마 표정 같았다. 당시만 해도 남아 선호 사상이 심하던 시절이었기에 그랬던 것 같다.

그 옛날, 딸보다는 아들 갖기를 염원하던 심정이 전혀 이해가 안 되는 것은 아니다. 우선 자식의 입장을 생각했을 때, 남자로 살기가 더 좋은 세상에서 여자로 태어나 사는 인생이 녹록지 않으니, 태어나는 자식이 남자이기를 바랐던 것 같다. 또, 부모 입장에서는 아들은 죽을 때까지 함께할 수 있는 자식이지만, 딸은 중간에 여의어야만 하는 자식이었다. 현실적으로도 애써 키워 남 좋은 일만 시키게 되는 딸보다는, 남의 딸까지 데려와 일손을 보태 주는 아들이 더 좋았을 것이다. 게다가 아들은 부모가 살아 계실 때 봉양하고 돌아가시면 제사까지 지내 주니 그 또한 든든했을 것이다.

그러니 아들딸 구별 말라는 말은 귀에 잘 들어오지 않았을 것 같다. 아들 낳으면 기차 타고, 딸 낳으면 비행기 탄다느니, 첫딸은 살림 밑천이라느니 하는 말들도, 실은 아들 있는 사람이 '가진 자의 여유(?)'에서 나오는 위로로 건넨 말이지, 딸 낳은 이가 부러워서 한 말은 절대로 아닐 것이다. 오래전 어떤 사람이 딸 낳은 지인에게 축전을 치려는데, 문구 중에 '축 득남'은 있는데 '축 득녀'는 아무리 봐도 없어서, 어쩔 수 없이 '축 순산'으로 보냈다는 이야기를 듣고, 그 시대의 남아 선호 사상이 어느 정도였는지 가히 짐작할 만했다.

아무튼 그날 어른들의 우려(?) 섞인 예상은 적중했다. 훗날 태어난 나의 첫 이종사촌은 남동생이 아니라 여동생이었다. 그 첫딸과 그 밑으로 낳은 아들까지 훌륭하게 키우며 원만한 결혼 생활을 해 온 이모가, 왜 내 결혼식에서는 눈물을 보였는지에 대한 답은, 시집가면 무조건 잘하라고 했던 엄마의 말에서 찾을 수 있었다. 엄마와 이모는 자신들이 살아온 시대에 비추어 내 결혼을 바라보았으리라. 세상이 많이 달라졌지만, 내 딸, 내 조카에게 드는 혹시나 하는 노파심은 어쩔 수 없었는지도 모른다.

결혼 생활을 하면서 '무조건 잘하라'던 엄마 말씀의 뜻을 생각해 보았다. '나만 잘하면 된다'는 말이 무조건 참고, 눈치보고, 방긋방긋 웃기만 하라는 뜻이었을까? 아니면 어떤 상황에서도 내가 할 일, 내가 할 도리를 다하라는 뜻이었을까? 나는 후자로 받아들이기로 했다. 상대방에게 의존하는 '수동적인 행복'이 아닌 오롯이 나에게 집중해서 얻는 '능동적인 행복'을 찾으라는 조언으로 말이다.

결혼식 날 친척 어른들은 나에게 "언제 이렇게 다 컸냐?"고 물었지만, 나도 내가 언제 다 컸는지는 모르겠다. 확실한 것은 우리를 뒤이어 다음 세대가 크고 있다는 사실

이다. 언젠가는 다 커서 우리 자리를 그들이 대신하는 때
가 올 것이다.

먼 훗날 조카의 결혼식 때 나는 어떤 표정을 짓게 될
까? 또 어떤 덕담을 해 주게 될까? 다 그때가 되어 봐야
알 것 같다. 그때는 세상이 또 많이 바뀌어 있을 테니 말
이다. 물론 더 나은 방향으로! 아직 어린 조카의 결혼식이
벌써부터 기대가 된다.

우리 반 진짜 거인

　사람들 사이에서 어느 한 사람이 '관계의 주도권'을 장악해 문제가 되는 경우가 있다. 이는 성인들 사이에서의 문제만은 아니다. 어린아이들 사이에서도 흔히 있는 일이다. 가끔 왕따 관련 뉴스를 접할 때면 생각나는 사건이 있다. 같은 학년, 같은 반 친구들이지만 말발 세고, 힘도 세고, 그래서 또래들을 쥐락펴락하는 아이. 어딜 가나 그런 아이가 있게 마련이다. 별명이 '거인'인 우리 반 남자아이도 그랬다. 목소리도 크고, 체구도 크고, 주먹까지 세니, 누구 하나 맞설 자가 없었다.

　그래도 여자아이들에게는 그렇게 위협적인 존재는 아니었다. '거인' 체면에 여자아이들한테까지 주먹을 흔든다는 건 스스로 생각하기에도 우스웠을까? 기껏해야 머리카락을 잡아당기고 도망간다든가, 책상 한가운데 금을 그어 놓고 넘어오지 못하게 하는 정도였다. 그러니 무섭다기보다는 그저 좀 얄밉고 성가실 따름이었다. 그런데 남자아이들 사이에서는 다른 것 같았다. 그들의 세계에서는 외양으로 보나 실력(?)으로 보나 자타공인 싸움 1위인 그 아이가 굉장한 주도권을 쥐고 있었다.

지금 생각하면 아무것도 아니지만, 그때는 없으면 큰일 나는 필수품 같은 것이 있었다. 당시 남자아이들 사이에서 유행하던 게임기가 그것이었다. 웬만한 아이들은 다 갖고 있을 정도였고, 모이면 그 게임 이야기가 화제의 중심이 될 정도로 인기 있는 게임기였다. 그 게임을 안 하면 친구들 사이에 끼지 못했으니 몇 날 며칠 엄마를 졸라 기어코 마련한 아이도 있었다.

그런데 집안 형편이 좋지 않은 친구 한 명은 그 게임기가 없었다. 그 아이는 친구들과 말을 섞지 못했다. 점점 소외되어 갔다. 게다가 때로는 무시까지 당했다. 그 아이가 불쌍했다. 하지만, 내가 어찌할 수 있는 일이 아니었기에 안타깝기만 했다.

그렇게 은근히 따돌림을 당하던 그 아이에게 결국 문제
가 생겼다. '거인'이 그 아이를 주목하기 시작한 것이었다.
싸움뿐만 아니라 게임에서도 1인자였던 '거인'은, 어느 날
게임기조차 없는 그 아이에게 시비를 걸었다.

"야, 거지냐? 게임기도 없어?"

입을 꾹 다문 채 아무 말도 못하는 그 아이 눈에는 눈물
이 그렁그렁했다.

"야, 거지! 너 지금 우는 거냐? 푸하하!"

장난을 넘은 모욕이었다. 그러나 누구 하나 말리는 아
이는 없었다.

옆에서 보기에도 딱했다. 너무 가여웠다. 그 아이도 그
아이지만, 게임기를 사 주지 못하는 그 친구 부모님이 아
시면 얼마나 가슴이 미어질까 생각하니 더 마음아팠다.
위풍당당하게 '거인'을 혼쭐내는 상상을 수십 번 했다. 정
의로운 여전사가 되고 싶었지만, 그럴 수가 없었다. 나는
'거인'이 무서웠다. 불타오르는 의협심과는 별개로, 모기
만 한 목소리로 덜덜 떨며 말해 봤자 웃음거리만 될 것 같
았다. 할 수 없이 선생님께 넌지시 말씀드릴까 하던 어느
날 여느 때처럼 또 '거인'이 그 아이를 괴롭히고 있었다.

그런데 갑자기 카랑카랑한 목소리가 들렸다.

"야! 그만 좀 해!"

맨 앞줄에 앉은 여자아이였다. 순간 모든 시선이 그리로 집중되었다. 작은 키에 깡마른 체구, 창백한 얼굴, 그러나 결의에 찬 눈빛. 평소에 있는 듯 없는 듯 조용하던 친구였다. 모두 숨소리조차 죽이고 있었다. 긴장감이 감도는 사이, 두 번째 펀치가 날아들었다.

"야! 게임기 없는 게 죄야? 제발 좀 그만해! 부끄럽지도 않냐?"

낮고 약하지만 단호한 목소리였다. 내가 속으로 수없이 되뇌던 말을 그 아이는 시원하게 내질렀다. 통쾌했다.

"이씨…, 이게 진짜!"

'거인'이 입을 씰룩거리며 주먹을 치켜들었다. 바로 그때, 두 번째 아이가 거들고 나섰다.

"이젠 얘까지 괴롭히려고? 진짜 그만 좀 해라!"

그러자 다른 아이들도 한두 마디씩 보태기 시작했다.

"그래, 나도 말하려고 했는데, 너 솔직히 좀 심하더라."

"맞아, 한두 번도 아니고."

한 마디, 두 마디는 여러 마디로 이어졌다. '거인'의 얼굴이 붉어졌다. 다행히 폭력 사태는 일어나지 않았다. '거인'은 멋쩍은 듯 머리를 긁적이더니, 이내 뒷문으로 도망치듯 빠져나갔다.

나는 그날, 우리 반의 '작은 거인'을 보았다. 우리 반 여자 25명 중 키순으로 2번인 그 아이가 22번인 나보다 더 용기가 있었다. 부끄러웠다. 용기는 큰 몸집이 아니라 큰 마음에서 나오는 것이었다. 그 아이야말로 '진짜 거인'이었다.

미남 미녀 수난 시대

'자, 이제 미녀를 보여 주세요!'

가장 추천 수가 많은 댓글이었다. 여성 고시 합격자를 취재한 기사에 웬 미녀 타령인가 했더니 이유는 따로 있었다. 문제는 헤드라인. 굳이 '미녀'라는 수식어를 붙인 것이 화근이었다.

내가 보기에 사진 속 인물은 미인이었지만, 댓글 쓴 사람들은 괜히 장난을 치고 싶었던 것일까? 기사의 주인공이 왜 고시 공부를 시작했는지, 슬럼프를 어떻게 극복했는지, 어떤 포부를 갖고 있는지에 대해서는 관심이 없는 것 같았다. 오직 사진 속 그녀가 정말 미녀인지 아닌지에 대한 논란이 댓글의 중심이 되었다. 또래 여성들과의 외모 비교도 서슴지 않았다. 주객전도도 유분수지, 고시 합격자 기사에 외모 품평회라니! 공부 열심히 한 죄밖에 없는 애먼 수재만 의문의 1패를 당했다.

기자 입장도 아주 이해가 안 가는 것은 아니었다. 합격자 발표와 동시에 넘쳐나는 고시 합격 관련 기사들. 열심히 공부해 합격했다는 뻔한 합격담들 사이에서 존재감을 과시하기 위해서는 눈길을 끌 무언가가 필요했으리라. 결국 '미녀'라는 단어는 자극적인 조미료가 되었고, 많은 사람들의 클릭을 유도하는 데 성공했다.

조회 수를 올리기 위한 기자의 전략이 낳은 희생양. 장난스러운 댓글에 애잔하게 흔들리지는 않았을지. 그녀가 대범하고 굳센 성격의 소유자이길 바랄 뿐이었다.

외모와 고시 합격. 둘 사이에 아무 상관관계가 없다는 것을 기자도 모를 리 없다. 그러면서도 두 가지를 잘 엮어 네티즌을 유혹하는 수단으로 이용했고, 마침내 목적을 달성했다. 남의 외모에 별 관심이 없는 나조차도 비슷한 수법에 걸려든 적이 있다.

지역 생활 커뮤니티에 재미있는 제목의 글이 하나 올라왔다.

'새로 생긴 빵집 알바 엄청 잘생겼네요!'

클릭해서 읽어 보니, '모델급 체격에 얼굴까지 조각 미남'이라며 칭찬이 대단했다. 혹시 빵집 주인이 홍보 목적으로 올린 글이 아닐까 하는 생각이 들 정도였다. 만약 그랬다면, 전략은 성공했다. 어느 날 그 빵집 앞을 무심히 지나칠 뻔한 내 발길을 붙잡았기 때문이다.

그 글을 쓴 사람이 손님이 아닌 빵집 주인이라 하더라도 괘씸하지는 않았다. 오히려 안쓰러웠다. 빵 잘 만드는 본연의 역할에 충실한 것만으로는 버틸 수 없는 자영업계의 치열한 경쟁! 생존을 위한 몸부림 끝에 낸 기발한 아이디어! 뭔지 모를 비릿한 감정마저 올라왔다.

사람 마음은 여러 갈래라, 호기심이 일었다. 사실, 미남을 볼 기회는 많다. TV만 틀어도 꽃미남 천지다. 그러니 굳이 미남을 보겠다는 마음보다는 궁금함이 더 컸다.

'얼마나 잘생겼길래 커뮤니티에 글까지 올라왔을까?'

확인하고 싶은 마음은 어느새 빵집 문턱을 넘었다. 애초에 빵을 살 목적이 아니었기에 막상 진열대 앞에 서니 뭘 집어야 할지 몰라 한참을 머뭇거렸다. 망설이는 모습에 눈치 빠른 직원이 달려왔다. 훤칠한 키에 뚜렷한 이목

구비! 게시판에 올라온 '잘생긴 알바'인 것 같았다. 요즘 잘 팔리는 빵이라며 몇 가지를 권해 주었다. 조심스레 빵을 담아 두 손으로 건네면서 다음에 또 오시라며 환하게 웃던 직원. 외모도 수려했지만, 선해 보이는 모습이 꽤 인상적이었다.

그날 이후 몇 번 더 그 빵집에 들렀다. '잘생긴 알바'를 보러 오는 손님들이 종종 있는 것 같았다. 개중에는 짓궂은 손님도 있었다. 그 직원을 아래위로 훑어보더니 실망한 기색으로 한숨을 내쉬는 것이었다. 무례한 태도에 나까지 당황스러울 지경이었으니, 싸움이라도 나면 어쩌나 걱정이 되었다. 상황은 의외로 조용하게 정리되었다. 직원은 어떠한 내색도 하지 않고 그저 할 일만 하더니, 그 손님이 문을 나서자 별일 아니라는 듯 웃으며 이렇게 말하는 것이었다.

"저 손님, 속으로 '자, 이제 미남을 보여 주세요.'라고 한 것 같아요."

미녀라는 수식어에 솔깃해서 기사를 클릭한 사람들이나, 미남을 칭찬하는 글에 이끌려 빵집에 들어선 나나, 다를 바가 없었다. 서양 속담에 '미모는 거죽 한 꺼풀(Beauty is but skin-deep.)'이라 했다. 고작 한 꺼풀 거죽에 열광하고 실망하는 어리석음이라니!

하긴, 한국 사회는 예부터 루키즘(lookism)이 강했던 것 같다. 신언서판(身言書判)이라 하지 않았는가? '인물을 선택하는 데 표준으로 삼던 조건' 중 가장 앞서는 것이 신(身), 즉 외모였으니 말이다.

현대 사회로 내려오면서 더 심해졌다. 개인주의 풍조 속에서 사람들은 상대에 대해 깊이 알고 싶어 하지 않는다. 편한 것에 익숙해진 지 오래다. 사람을 볼 때도 마찬가지다. 말 한마디 나눠 보지 않고도 사람을 판단할 수 있는 유일한 요소가 외모다. 심지어 직접 만나지 않고 사진만으로도 판단이 가능하다. 바쁜 세상 핑계 삼아 빠르게 사람을 판단하기에 좋은 요소가 바로 외모인 것이다.

늘 겉모습으로만 판단하다 보니 아름다운 외모를 절대선(絕對善)이라고 착각하는 것일까? 사람들은 미남 미녀를 내세운 홍보에 미혹되고, 기대에 못 미친 외모에 아쉬워하며 돌아서기를 반복한다. 속았다고 허탈해하면서도 미남 미녀 이야기만 나오면 또 본능적으로 눈길을 준다. 대중의 생리를 간파한 노련한 누군가의 필요에 맞게 조종되고 있는지도 모른 채.

외모에 대한 이미지가 대중에게 어떻게 소비되는지를 잘 아는 이들은 주목을 끄는 데도 능란하다. 이들이 지목한 남녀는 본의 아니게 미남 미녀가 된다. 그리고 제멋대로 실망한 대중에게 조롱을 당한다. 아무 잘못도 없이, 영문도 모른 채.

세상에 공짜는 없다. 미남 미녀의 주가가 높아질수록 미남 미녀의 위험 지수도 높아지니 말이다. 어찌 보면, 미남 미녀 수난 시대다.

낭만 속 난감

노이슈반슈타인 성.

발음조차 어려운 그 이름이 신비감을 불러일으켰다. 디즈니 만화에서나 보았던 그 성. 독일 여행을 계획하면서 가장 기대했던 그곳.

성으로 올라가는 방법은 도보, 버스, 마차 세 가지가 있었다. 갑자기 주어진 여러 개의 선택지는 결정 장애를 유발하기 일쑤다. 그러나 다행스럽게도 관광 가이드가 낭랑한 목소리로 요긴한 정보를 들려주었다.

"시간적으로나 체력적으로나 여유 있는 분들은 도보로 가셔도 좋습니다."

일단 도보는 포기. 빡빡한 일정을 소화 중인 여행자에

게 시간적·체력적 여유가 있을 리 만무했다.

"버스는 마차보다 요금이 저렴해요."

'저렴'이라는 단어에 솔깃했다. 무엇을 타고 가건 어차피 성에 올라가는 것은 마찬가지니 이왕이면 저렴한 쪽으로 결정하는 것이 낫겠다 싶기도 했다. 버스로 마음이 거의 90퍼센트는 기울었다. 그러나 아직 마차에 대한 설명이 남았으니 끝까지 들어보자는 생각으로 계속 귀를 기울였다.

"마차로 가시면 낭만적인 분위기를 느끼실 수 있습니다."

막판 역전승이라는 표현은 이럴 때 쓰는 것! '낭만'이라는 두 글자의 힘은 막강했다. 버스 쪽에 가까워졌던 마음이 단번에 마차 쪽으로 휙 기울었다. 사랑에 빠져 아무것도 보이지 않는 청춘처럼, 낭만에 이끌린 나는 이것저것 잴 것 없이 바로 마차로 결정했다. 조금 전까지만 해도 저렴한 요금에 매력을 느끼던 내가 버스 요금의 세 배가 넘는 요금도 마다하지 않았다. 바이에른 숲에 살포시 내려앉은 백조의 모습으로 묘사되는 그 성으로 가는 길은 무조건 낭만적이어야 할 것 같았다. 차갑고 답답한 버스보다는 온기가 있는 생명체가 이끄는 탁 트인 마차가 그 낭만의 여정에 어울릴 것 같았다.

'바깥 공기, 바람, 햇살을 온전히 느끼며 성으로 향하는 길. 말발굽 소리마저 운치를 더해 주겠지. 성이 지어지던 루트비히 2세 시대로의 시간 여행! 그 시절 한껏 멋을 부린 기품 있는 귀부인들도 마차를 타고 다녔겠지.'

곧 만끽할 낭만을 구체화하며 환상에 젖어 있다 보니 어느덧 마차가 도착했다. 마부의 손짓에 따라 마차에 올랐다. 무도회에 가는 신데렐라라도 된 양 소녀적 감성이 피어올랐다. 이윽고 마차가 출발했다. 그때까지만 해도 내 환상 속 낭만은 배신당하지 않았다.

출발한 지 얼마 되지 않아 그 낭만은 하나둘 깨지기 시작했다. 갑자기 덜컹거려 놀라게 하지를 않나, 아무 때나 가다 서다를 반복해 당황하게 하지를 않나, 생각지도 못한 황당한 상황들이 펼쳐졌다. 그래도 기계가 아닌 살아 있는 생명체에 몸을 맡겼으니 그 정도는 감내할 수 있었다.

정말 고역인 것은 따로 있었다. 아름다운 성으로 가는 길에는 나무 냄새, 풀 냄새 같은 '상쾌한 자연의 냄새'가 날 줄 알았는데, 그 모든 냄새를 덮고도 남을 '역한 자연의 냄새', 말똥 냄새뿐이었다. 길 곳곳마다 말똥이 아무렇게나 널브러져 있었다. 말 오줌까지 합세한 시너지 효과는 어마어마했다.

난감했다.

낭만 찾으려다 낭패 당한 경험이 또 있다. 도시에서 자란 나는 늘 시골을 동경했다. 농촌 드라마에서나 보던 목가적인 풍경은 충분히 낭만적이었다. 별로 수놓은 밤하늘을 이불 삼아 널찍한 평상에 누워 별 헤는 밤. 얄밉도록 반듯한 천장 아래 몸에 딱 맞는 직육면체 침대에 누워 하얀 LED등에 눈이 시려 불을 꺼버리고 마는 밤과는 사뭇 대조적이었다. 여기저기서 울어 대는 풀벌레 소리. 정연하게 훈련된 오케스트라의 음색과는 전혀 다른 무질서함이 오히려 시골 정취를 풍기는 것 같았다. 모깃불 냄새마저 향기로울 것 같았다. 짚을 태운 냄새를 맡아 본 적도 없으면서, 화학 약품 덩어리인 스프레이형 모기약은 흉내조차 낼 수 없는 시골 특유의 향이려니 막연하게 상상했었다.

그렇게 생각했었다. 그것이 전부여야만 했다. 내 환상대로라면.

그 환상에 부푼 채 친구의 시골집에 놀러간 적이 있다.

머릿속에 그려 놓은 시골의 낭만 속으로 들어가 보고 싶었다. 밤이 되자 풀벌레 소리도 들리고 매캐한 내음과 함께 모깃불도 타오르는 것이 내 환상대로 척척 맞아떨어져 가고 있었다.

친구와 평상 위에 올랐다. 별자리가 선명하게 보이는 하늘. 밤하늘이지만 맑다는 표현을 쓰고 싶었다. 알퐁스 도데의 소설 「별」에서 스테파네트 아가씨가 보았던 밤하늘도 이랬을 것이라는 생각이 들던 찰나, "윙~" 하는 소리가 산통을 깼다. 곧 여기저기서 가려움이 느껴졌다. 발갛게 부풀어 오른 자국을 보니 모기의 소행임이 분명했다. 문득 주위를 둘러보니 모기며 나방이며 이름 모를 곤충들이 호시탐탐 나를 노리고 있었고, 먹다 남은 음식에는 파리떼가 맴돌고 있었다. 생각지도 못한 곤충들의 습격에 혼비백산하여 황급히 방으로 들어가 모기장 안으로 몸을 숨겼다. 어수룩한 이방인에게 텃세 한번 거하게 한 미물들의 자축연이라도 벌어졌던 것일까? 혼쭐나서 정신없이 달아난 내 등 뒤로 윙윙거리는 소리는 한참 동안 들려왔다.

난감했다.

낭만적인 환상을 품었던 대상 속으로 직접 들어갔다가 예상치 못한 난감한 상황에 맞닥뜨리곤 했다. 인생은 가까이서 보면 비극이고 멀리서 보면 희극이라던 찰리 채플린의 말과도 통하는 면이 있는 체험이었다.

수험생 입장에서 본 선배들의 대학 생활은 마냥 장밋빛이었지만, 캠퍼스에는 낭만만 있는 것이 아니었다. 취직만 하면 영화 속에서 봤던 멋진 커리어우먼의 우아한 직장 생활이 기다리고 있을 줄 알았는데, 현실은 동분서주 좌충우돌 오엘(OL) 코믹이었다. 드라마에서 신혼부부가 예쁘게 꾸민 주방에서 잘 차려진 저녁을 먹는 장면을 보며 꽤 낭만적이라고 생각했는데, 막상 결혼하고 보니 잘 차려진 밥을 먹으려면 낭만 타령하기 전에 일단 쌀부터 씻어야 했다. 눈물 흘리며 양파를 까고, 더워도 불 앞에서 찌개를 끓여야 했으며, 식사를 마친 뒤에는 폭탄이라도 맞은 듯한 주방에서 수북한 설거짓거리와 맞닥뜨려야 했다.

경험해 보지 못한 세계에 대한 막연한 동경. 어쩌면 그것이 내 낭만의 실체는 아니었을까? 때때로 남의 떡이 커 보였던 것도 그 때문이었을 테고.

내 안의 낭만이 깨어지는 실망을 겪을 때마다 나는 조금씩 더 성장했던 것 같다. 좋아 보이기만 했던 것이 실은 그렇지 않다는 것을 알았을 때, 커 보이는 남의 떡이 착시였다는 것을 깨달았을 때, 그럴 때마다 세상을 조금씩 배워 나갔다. 하나를 잃으면 하나를 얻는다더니, 내 안의 낭만이 한 조각씩 떨어져 나간 자리에는 그만큼의 현실 감각이 채워졌다. 아이에서 어른으로 거듭나기 위한 통과 의례를 그렇게 하나씩 치러 왔다.

가끔 몽상가라는 소리도 듣는 미성숙한 나에게는 아직도 낭만이 남아 있다. 낭만이 깨어져도 아무 동요가 없는 득도의 경지에 오르지는 못하더라도 너무 크게 실망하지는 않으련다. 낭만 속의 난감함은 나름대로 의미가 있기에.

다인실의 다행

아버님께서 입원하셨다. 1인실이 없어서 다인실로 모셨다. 그래도 출입문과 떨어져 있어 번잡스럽지도 않고, 창가 쪽이라 바깥 풍경도 바로 보여, 네 자리 중 가장 좋은 자리 같았다. 출입문 기준으로 시계 방향으로 1번, 2번, 3번, 4번, 번호를 붙였을 때 아버님은 2번 병상에 계셨다.

"와! 홈런이다, 홈런! 와! 와!"

입원실의 정적을 깨는 환호성. 출입문 앞 1번 병상에서 나는 소리였다. 환자의 아들이 아버지에게 휴대전화로 야구 중계를 보여 주고 있었다. 조용히 경기를 지켜보는 아버지에 반해, 아들은 꽤 수선스러웠다. "야, 좀 잘 던져

야지!” “아휴, 정말! 거기서 그러면 어쩌냐?” 하며 안타까
움 섞인 핀잔을 주는가 하면, “그렇지! 잘한다!” “아싸, 대
박!” 하며 신이 나서 법석을 떨었다. 직접 가서 좀 조용히
해 달라고 말할까, 간호사에게 부탁해서 주의를 주라고
할까 망설이는데, 아버님께서 말리셨다. 하긴, 눈총도 감
수하며 부산을 떨어대는 것은 어쩌면 아버지에게 야구 중
계를 재미있게 보여 주려는 아들의 깊은 뜻일 수도 있겠
다 싶었다. 문이 여닫힐 때마다 오가는 사람들 소리에 신
경이 거슬리는 것도, 병에 대한 걱정도 야구 중계에 집중
하는 동안은 잊을 수 있을 테니 말이다.

“그러니까, 카드 한도 좀 높여 달라고요.”
전화기를 입에 바짝 대고 그마저도 손으로 가리고 작
게 말하는 소리였지만, 바로 옆이라 잘 들렸다. 3번 병상
환자였다. 퇴원을 하려는데 병원비가 모자라는지, 카드
사에 한도 상향 요청을 하는 것 같았다. 상향 요청은 이
번이 처음인데 왜 안 되느냐느니, 이번에만 좀 부탁한다
느니 하는 말을 하며 꽤 길게 통화를 하고도, 전화를 끊고
서는 한숨을 쉬었다. 옆에서 듣는 나조차도 걱정이 되던

차에, 그의 아내가 왔다. 퇴원 수속은 다 끝났으니 걱정 말고 집으로 가자며 주섬주섬 짐을 챙겼다.

"돈은 어디서?"

"……."

짐을 다 싼 그의 아내가 우리 쪽으로 왔다.

"어르신, 저희는 먼저 퇴원합니다. 얼른 쾌차하세요."

덕담을 남기고 나가는 그녀를 그가 느릿느릿 뒤따랐다.

"내가 괜히 아파서…, 돈이나 깨물어 먹고…, 그저 아프지를 말아야지. 아프지를 말아야…."

아프지 말아야 하는 중요한 이유 중의 하나가 '돈'이라는 것, 당연한 현실이 새삼 야속했다.

얼마 후 3번 병상에 새 환자가 들어왔다. 검진을 위해 입원했다고 했다. 이윽고 간호사가 오더니 주의 사항을 설명하고는 검진복을 내밀었다. 옷을 다 갈아입은 환자가 커튼을 열었을 때, 그 앞에는 휠체어가 놓여 있었다. 환자는 의아해하며 말했다.

"그냥 걸어가면 되는데?"

"오실 때는 걸어서 못 오십니다."

"예? 왜요?"

"검진할 때 바늘을 관 끝에 꽂아서 하는데요, 그걸 삽입해서 검사하려면 부분 마취가 들어가야 하고, 또 약물이…."

"아, 예. 됐어요. 알았습니다."

환자는 놀라움에서 두려움으로 기색이 바뀌더니, 더 듣고 싶지 않은 듯 말을 잘랐다. 내가 옆에서 듣기에도 끔찍했다. 바늘을 몸속에 넣는 상상만으로도 온몸에 힘이 빠질 지경이었다. 그저 그 환자가 검진을 잘 마치길 바랄 뿐이었다.

얼마나 지났을까. 드디어 그가 휠체어를 타고 병실로 당당히 '입성'했다. 바늘과의 사투부터 시작해서 그 힘든 검진 과정을 모두 견뎌 내고, 혹시 있을지도 모른다던 부작용까지 범접도 못하게 따돌리고 무사히 돌아온 것이다. 검진이 끝나자 바로 나왔다는 결과 또한 이상 소견이 없었다고 했다. 한숨 돌린 그의 표정은 안락의자에 앉은 듯 평온했다.

"아, 글쎄 오늘은 안 된다니까! 내일도 안 되고."

4번 병상 환자가 전화기를 다른 손으로 바꿔 들며 목소리를 높였다. 다음 날 수술 예정인 그의 사정을 모르는지, 상대방 쪽에서는 오늘 만나자, 내일 만나자 하며 조르다가 연거푸 거절만 당하니 못내 야속해하는 모양이었다.

"아이고 참, 다음에 보자니까. 내가 지금 놀러 나왔어. 여기? 외국이야, 외국!"

사실대로 말하면 누구라도 이해해 줄 테고, 오히려 위로도 받겠건만, 그는 없는 말까지 지어내 둘러댔다. 눈곱만큼의 동정도 허락지 않는 차가운 자존심 때문이었는지, 괜히 주위에 걱정 끼치고 싶지 않은 따뜻한 배려심 때문이었는지는 모르지만, 어쨌든 그는 약한 모습만큼은 절대 보여 주고 싶지 않은 것 같았다.

다음 날 새벽부터 간호사들이 와서 수술 준비를 서두르더니 그를 수술실로 이송했다. 그의 침대맡에 대고, 다른 것에 비하면 '간단한 수술'이라며 너무 걱정 말라며 안심시켰다.

그렇게 떠난 그가 여러 시간이 지나서야 돌아왔다. '간단한 수술'이라더니, 내가 생각하는 '간단'과 병원에서 말하는 '간단'은 개념 자체가 다른 것 같았다. 그는 온몸을 벌벌 떨며 통증에 괴로워했다. 아프다는 말도 못하고 그저 "아… 아… 으… 으…." 하며 앓는 신음 소리는 듣는 사람이 가슴이 아릴 정도였다. 바로 전날, "그래그래, 세상에서 내가 제일로 팔자 좋지! 남들 다 일하는데 놀러나 다니고." 하며 호탕하게 응수하던 그의 모습은 온데간데 없었다.

다행히 수술이 잘못된 것은 아니었는지, 진통제를 맞고 나서 그의 고통도 진정된 것 같았다. 시간이 더 지나고 어느 정도 회복되자, 그의 본모습이 돌아왔다. 그는 친구들 사이에서 인기가 많은 것 같았다. 전화벨이 심심찮게 울렸다.

"그래, 내 한국 가면 연락할게. 언제 같이 한잔 하자고."

"선물? 요새 누가 외국 갔다 왔다고 선물을 하나? 촌스럽게. 그냥 밥이나 살게."

그가 옮겨 다니던 수술실과 회복실과 입원실은 한국 서울에 있건만, 여전히 '외국 여행 중'임을 강조하는 그를 흉보고 싶지는 않았다. 그가 지키고 싶은 것을 확실히 지켜낸 것 같아서였다.

병원은 되도록 오고 싶지 않은 곳이다. 입원하기는 더 싫다. 다인실은 더더욱 꺼려진다.

막상 직접 본 다인실은, 기침과 사랑이 공존하는 곳이었다. 고통과 두려움은 감추려 해도 자꾸만 쏟아져 나왔다. 진심 어린 걱정과 응원은 말하지 않아도 눈빛에 드러나 보였다.

생전 처음 본 사람들끼리도 그랬다. 나는 아버님을 위해 기도하는 틈틈이 우리 병실 환자들의 안녕을 빌었다. 그들 또한 그랬으리라.

그래서였을까? 병마와 통증과 불안과 공포가 환자 수만큼 몇 곱절이 되어 옥시글거리는 다인실에도 저마다의 '다행'은 있었다. 모두가 다행이라 다행이었다.

그 가을의 운동회

엄마는 어릴 때부터 운동에 소질이 있었고, 특히 달리기를 잘했다고 한다. 언제나 뛰었다 하면 1등! 시합은 나갔다 하면 우승! 이른바 '육상 소녀'로 반 대표에, 학교 대표는 물론 도 대표로까지 뛰며 각종 육상 대회를 휩쓸었다니, 그 활약이 얼마나 대단했는지 짐작이 가고도 남았다.

그 시절 받은 각종 상장과 상패, 메달이 그 증거다. 장롱 깊숙이 넣어 둔 그 영광의 증표들을 엄마는 가끔 꺼내 보곤 했다.

86년 아시안 게임 때 텔레비전에 임춘애 선수가 나오면, "엄마도 옛날에 저렇게 잘 뛰었지?" 하고 물었던 기억이 난다. 엄마는 그저 말없이 빙그레 웃기만 했다. 못다

이룬 꿈이 생각났던 것일까?

엄마의 이루지 못한 꿈을 딸인 나라도 이뤄 주었다면 좋았으련만, 안타깝게도 나는 엄마가 아닌 아빠를 닮았다. 운동에 소질이 없는 유전자를 아빠로부터 고스란히 물려받은 나는 달리기 시합에서 이겨 본 적이 한 번도 없다. 학창 시절을 통틀어 달리기 대회에서 상품을 받은 적은 딱 한 번! 바로 참가상, 공책 한 권이었다. 언제나 뛰었다 하면 꼴찌! 온 힘을 다해 달려와도 결승 테이프는 이미 한참 전에 끊어져 있었고, 다섯 명이 뛰어 3등 안에 들면 팔뚝에 찍어 주는 도장조차도 받아 본 적이 없었다.

이런 나였으니, 운동회가 마냥 좋지만은 않았다. 펄럭이는 만국기 가운데 이리저리 뛰어다니며 태극기 찾는 것도 재미있었고, "청군 이겨라! 백군 이겨라!" 하는 응원 소리에도 신났고, 엄마가 소시지 듬뿍 넣어 싸 준 김밥도 맛있었지만, 달리기 시합만 시작되면 마음 한구석이 답답해졌다. 혼자 달리는 경기야 꼴찌로 들어오는 것이 항다반사라 그러려니 했는데, 이어달리기는 나 때문에 우리 팀이 지는 것 같아 너무 미안했기 때문이다.

어느 해 운동회 날이었다. 그날도 꼴찌를 하고 풀이 죽어 있는데, 갑자기 저 멀리서 확성기 소리가 들려왔다.

"아아, 올해부터는 어머니 달리기 시합이 있으니, 참가하실 어머님들 계시면 나와 주시기 바랍니다."

엄마는 방송을 듣자마자 참가하겠다고 나섰다. 자신만만한 엄마 표정에 나는 갑자기 힘이 솟아 벌떡 일어났다.

"탕!"

출발을 알리는 총소리가 울렸다. 일제히 뛰어나가는 어머니들 사이로 엄마 모습이 보이자 가슴이 떨렸다.

"우리 엄마 이겨라! 우리 엄마 이겨라!"

나에게는 올림픽 육상 경기보다 더 중요한 경기였다. 마침내 많은 어머니들을 제치고 엄마가 결승전에 진출하게 되었다.

결승전 경기는 더 치열했다. 손에 땀을 쥐고 아슬아슬한 경기를 지켜보았다.

'제발 우리 엄마가 1등 하게 해 주세요. 그러면 공부도 더 열심히 하고, 부모님 말씀도 더 잘 듣고, 선생님 말씀도 더 잘 듣고, 더 착한 어린이가 되겠습니다.'

내가 할 수 있는 것을 다 갖다붙이며 조르듯 기도했다.

'조금만 더 빨리! 조금만 더! 우리 엄마 힘내라!'

막상막하의 경기 끝에, 역시 학창 시절 선수로 뛰셨다는 친구 어머니까지 제치고 엄마가 1등으로 결승 테이프를 끊었다. 몇 년 묵은 꼴찌의 한이 풀리는 순간이었다. 나는 엄마 손을 잡고 팔짝팔짝 뛰며 기뻐서 어쩔 줄을 몰랐다.

"아아, 우승하신 어머님 축하드립니다. 앞으로 나와 주십시오. 다시 한번 말씀드립니다. 우승하신 어머님….”

확성기 소리가 운동장에 울려 퍼졌다. 평소에는 '다시 한번…'으로 시작해 앞에 한 말을 반복하는 것이 시끄러웠지만, 그날은 '우승하신 어머님 축하드립니다'를 백번 되풀이해도 좋을 것 같았다. 엄마가 단상에 올라 상장과 상품을 받았다. 박수를 받고 인사하는 엄마 모습! 올림픽 금메달리스트보다 더 위대해 보였다.

그날 엄마는 나에게 자신감을 심어 주려고 경기에 출전한 것이 아닐까? 달리기 시합 때면 잔뜩 주눅이 들어 있던 내가 그날은 엄마 덕에 개선장군처럼 의기양양했으니 말이다.

집으로 돌아오는 길, 만국기 펄럭이는 운동장 한가운데를 가로질러 걸으며 엄마는 말했다.

"사람마다 잘하는 게 다른 거야. 원숭이는 나무를 잘 타고, 물고기는 헤엄을 잘 치는 것처럼. 너는 달리기는 못해도 글짓기는 선수잖아. 달리기 시합은 꼴찌했어도 지난번 백일장에서는 상 받았지? 그러니까 달리기 꼴찌했다고 속상해할 것 없다."

잊고 있던 백일장 이야기까지 꺼내니 내 어깨가 더 으쓱해졌다.

"그래, 꼴찌면 어때! 우리 선생님이 그러는데 끝까지 뛰는 게 더 중요하대. 또 생각해 보면 그렇게 느린 것도 아니야. 칼 루이스랑 십몇 초 차이밖에 안 나는데 뭐."

그 가을날, 유난히 높고 푸른 하늘이 왠지 땅에서 그리 멀어 보이지 않았다. 두 팔을 위로 쭉 뻗어 폴짝 뛰어오르면 파아란 물감이 손끝에 묻어날 것 같았다.

행복한 착각

"함 잡솨 보이소!"

향토 맛집을 소개하는 프로그램이라 그런지, 사투리도 구수하다. 솥에서 나는 김이 텔레비전 화면을 뚫고 나올 기세다. 연신 땀을 닦으며 국밥 한 그릇을 비운 리포터가 감탄사를 연발한다.

"우와! 진짜 맛있는데요. 와! 정말 속이 확 풀리네요."

엄지를 척하고 치켜올린 칭찬에 주인 할머니는 무척 흐뭇하신가 보다. 시할머니 대부터 시어머니, 그리고 지금 자신의 대에 이르기까지 지켜 온 맛이라며 자부심이 대단하다.

"어머니, 이걸 많이 드셔서 피부가 그렇게 고우신가 봐요.

우리 어머니 젊으셨을 때는 정말 미인이셨겠다.”

붙임성 좋게 어머니, 어머니 하는 젊은 리포터의 넉살에, 할머니도 그제서야 아들 대하듯 편안히 대꾸하신다.

“뭐라 카노? 내 아직 젊은데? 근데 참 이상시럽게도 거울 보면 웬 할매가 하나 들어앉아 있더라고.”

할머니 말씀이 끝나자마자, 옆에서 국밥을 나르고 있던 손자가 장난스레 말참견을 한다.

“아이고, 할매요, 착각도, 착각도…. 고마 하소. 쫌!”

“와? 우리 집 손님들 다 수십 년 단골인 건 니도 알제? 손님들 보면 하나도 안 변한 거 같데이. 아무도 늙었다는 생각이 안 드는 기라. 내가 늙은 것도 모르겠고!”

끝까지 지지 않고 유쾌한 음성으로 응수하는 향토 맛집 주인 할머니처럼, 나도 종종 착각을 한다.

얼마 전 마트에서도 그랬다.

“사탕 축제에 초대합니다!”

하이톤 목소리에 뒤를 돌아보았다. 이어 익숙한 동요 가락이 들렸다. 진원지는 어린이날을 맞이하여 마련된 사탕 코너. 동물 탈을 쓴 직원들이 분주히 오가며 꼬마 손님들을 불러모았다. 호기심으로 멈춰섰지만, 막상 안에 들어가니 과연 환상의 세계였다. 땅콩에 버무린 알사탕, 마름모꼴의 하얀 박하사탕, 슈가 파우더를 소복하게 덮어쓴 초콜릿, 동화 속 마법의 유리구슬 같은 드롭스, 눈, 코, 입까지 오밀조밀 정교하게 붙인 인형 모양의 막대 사탕, 계란프라이 모양을 한 앙증맞은 젤리까지…. 형형색색의 사탕들이 먹음직한 자태를 뽐내며 달큰한 향내까지 풍겼다. 사탕이라면 팔짝팔짝 뛰며 좋아하는 막냇동생 생각에 이것저것 가리지 않고 한 웅큼 집어 들었다.

"웬일이야? 사탕 좋아하지도 않으면서?"

옆에서 보던 남편의 말에 정신이 번쩍 들었다. 막냇동생은 서른이 훌쩍 넘은 청년이다. 사탕을 좋아하는 어린 아이가 아니라! 그날, 아주 짧은 순간이었지만, 내 머릿속에 떠오른 막냇동생은 일곱 살짜리 꼬마였다.

나이에 관한 착각을 한 적이 또 있다. 집 앞 피트니스센터에 출근 도장을 찍다시피 하던 아빠가 몸짱 대회에 나가시던 날.

"그래도 뭐, 노인들 중에서 중간은 가겠지."

멋쩍어하시는 아빠 말씀에 잠시 멈칫했다. '노인'이라니!

왠지 아빠에게는 해당되지 않는 단어인 것 같았다.

이윽고 대회가 시작되었다. 밤새 만든 손 팻말을 연신 흔들어 대는 동생이 야속했다. '꽃할배 최고다'라는 문구 때문이었다. '할배'라니! 인정할 수 없다며 고개를 젓고 있는데, 조카의 환호성이 들렸다.

"와! 우리 할아버지 짱이다!"

내 착각을 단번에 날려 버린 소리였다. 아빠는 손자까지 두신 엄연한 '할배'라는 것을 인정해야 했다.

착각이 지배하는 동안 내 무의식 속에서 나는 현실 속의 막냇동생보다 어리고, 현실 속의 나는 무의식 속의 아빠보다 나이가 많다. 다행히도, 나만 '착각병'을 달고 사는 것이 아니었다.

"넌 지금 몇 살인 것 같아?"

오랜만에 만난 친구가 뜬금없이 물었다. 황당할 법한 질문이 이상하게도 아무렇지 않았다. 오히려 주민등록증 속의 내 나이가 낯설기만 했다. 그 점은 친구도 마찬가지인 듯했다. 지금의 자기 나이는 도저히 받아들여지지 않는다고 했다. 어떤 때는 스무 살 대학생도 되었다가, 또 어떤 때는 아홉 살짜리 아이도 되었다가 하며 제멋대로 착각을 한다고, 특히 초등학교 동창인 나를 만나면 그 증상이 더 심해진다고 했다.

격하게 동의하며 "맞아, 맞아!" 하고 박수까지 쳤다. 공감에서 오는 안도감도 잠시, 곧바로 의문이 들었다. 이름, 성별, 직업 등 나를 나타내는 다른 중요한 정보들에 있어서는 전혀 혼란이 없는데, 왜 유독 '나이'에 있어서는 자주 착각에 빠지곤 하는 것일까?

친정에 갔다가 우연히 꺼내 본 낡은 앨범 속에 그 답이 있었다. 주름도, 흰머리도 없는 젊은 부부, 인형을 하나씩 안고 올망졸망 모여 앉은 여자아이들, 막대 사탕을 들고 해맑게 웃고 있는 꼬마가 압축된 내 착각을 파노라마처럼 펼쳐 보였다. 새하얀 앞치마를 두르고 부엌에서 포즈를 취하고 있는 엄마가, 어린 아들을 번쩍 안아 올려 목말을 태운 아빠가, 놀이터에서 흙장난을 하고 있는 아이들이 카메라를 보며 환하게 웃고 있었다. 사진 속 부모님이 할아버지, 할머니가 되고, 어린아이들이 엄마가 되고 청년이 되는 동안, 우리는 가족이란 이름으로 같은 세월을 겪으며 살아왔다. 그랬기에 그 추억을 잊지 못해 가끔 착각까지 하게 되는 것일까?

인간이란 원래 현실에서는 무슨 꼬투리를 잡아서라도 불평거리를 찾아내는 어리석은 존재지만, 만족을 모르는 끝없는 욕심도 추억 앞에서는 멈추고 만다. 그저 아름답게만 느껴지는 추억의 장면 장면은 깊이 잠재되어 있다가도, 어느 순간 튀어나와 기분 좋은 착각으로 이끈다.

과거의 평범한 일상들이 추억이 되었듯, 현재를 살아가는 시간도 훗날 오래오래 기억에 남을 것이다. 나는 지금 내가 꾸린 새로운 가정의 역사를 쓰고 있다. 부모님과 동생들이 나에게 그랬듯, 나 또한 현재를 함께하는 가족들에게 먼 훗날 행복한 착각을 선사하고 싶다.

제4부
출근길에 만난 파랑새

출근길에 만난 파랑새

신입 사원 시절, 겨울 새벽 출근길은 유난히도 추웠다. 손에 든 가방을 어깨로 옮겨 메고, 양손을 주머니에 찔러 넣고, 양어깨를 귀밑까지 바짝 올리고 걷노라면, 미처 다 말리지 못한 머리카락 사이사이로 스며드는 한기가 느껴졌다.

낯설어서 설렜던 날은 첫 출근 날뿐, 다음날부터는 낯설어서 어려웠고, 낯설어서 서툴렀다. 어렸고, 부족했고, 모르는 것이 많아서 힘든 것도 많았던 그 시절, 하루 종일 바짝 긴장한 채 바쁘게 일하다 보면 세상에서 내가 제일 힘든 사람 같았다. 하지만 그것은 나만의 생각이었을 뿐, 나보다 힘든 사람은 얼마든지 있었다.

"직장에서는 밥벌이, 집에 가면 밥하기, 아이고, 불쌍해라. 그저 워킹맘이 제일 불쌍해."

"너무 그러지 마. 남자들도 알고 보면 불쌍하다고. 평생 처자식 먹여 살려야 하니까."

웃으면서 하는 말들. 농담처럼 풀어 버리는 신세 한탄에 왠지 모를 여유까지 느껴졌다. 하지만 곧 숙연해질 수밖에 없었다. 지친 몸을 이끌고 퇴근해 옷 갈아입을 새도 없이 주방으로 들어간다는 워킹맘 선배. 가장으로서 가족을 부양하는 막중한 책임을 지고 있는 상사. 그들의 고단함과 인생의 무게가 마음에 와닿았기 때문이다.

엄마가 해 주는 밥 먹고 다니면서, 조금 더 자려다 그 밥도 못 먹고 나올 때도 있으면서, 내가 번 돈으로 가정의 생계를 꾸리는 것도 아니면서, '힘들다' 하면 위로는커녕 엄살 부리지 말라고 핀잔만 들을 것 같았다.

감히 신세 타령을 늘어놓을 수도 없는 처지였지만, 그래도 힘든 것은 힘든 것이었다.

알람 시계 눌러 끄고, 졸린 눈 비벼서 잠을 깨고, 후다닥 출근 준비를 하며 하루가 시작되는 반복적인 일상. 그 속에서 활력소를 찾는 것은 쉽지 않았다. 헐레벌떡 뛰어가 가까스로 버스를 타고는 꾸벅꾸벅 졸다가 정류장을 지나칠세라 또 헐레벌떡 뛰어내리곤 했다. 그러다 한번은 앞쪽에 자리가 없어 맨 뒷자리에 앉게 되었다. 그날따라 버스가 덜컹거리는 통에 평소처럼 졸지도 못했다. 창가 자리라 햇볕이 들어오는데 커튼도 없다고 투덜대다가, 문득 차창 밖으로 눈을 돌려 보았다. 창문 너머 바깥세상에서는 저마다의 아침이 시시각각 펼쳐지고 있었다.

갖가지 과일을 가득 실은 손수레를 끌며 확성기로 사람들을 불러모으는 과일장수, 가게 앞을 싹싹 쓸고 셔터를 쭉 밀어 올리고는 손님 맞을 준비를 하는 주인아주머니, 한 손에는 커피, 다른 한 손에는 신문을 들고 출근하는 직장인들, 지각할까 봐 발걸음을 재촉하는 학생들.

컬러 버전 무성 영화의 장면 장면들이 지나갔다. 한 컷 한 컷에 담긴 사람들은 각자 제 무게를 견디며 제 몫을 다하기 위해 하루를 열고 있었다. 열심히 사는 그들의 모습은 나에게 힘을 주었고, 나 또한 그들의 하루를 응원하게 되었다. 영화 속 인물들과 따뜻한 교감을 나누고 나니 신기하게도 마음이 편안해졌다.

다음 날부터 버스 맨 뒷좌석 창가 자리는 내 지정석이

되었다. 햇볕이 미리 데워 놓은 그 자리, 고맙게도 언제나 비어 있던 나만을 위한 특석. 높이 솟아오른 그 의자에 나는 매일 아침 앉아 있었다. 사무실에 들어서면 부장, 차장, 과장, 대리, 층층시하에 눈치보느라 바빴지만, 버스에서는 내가 제일 '높은 자리'에 있었다.

버스는 새벽 공기를 가르면서 신나게 달려갔다. 출근길이 즐거워졌다. 버스가 덜컹대면 짜증내는 대신 놀이기구를 탄 듯한 기분으로 즐겼다.

좀 잠잠해지면 유유히 영화 감상을 할 생각에 마음이 설렜다. '오늘은 또 어떤 영화가 개봉될까?' 살포시 기대를 품고 창밖을 바라보면 영화는 바로 상영! 영화 속 인물들은 잔잔하면서도 힘이 있었다. 어느 날은 어린애 투정 받아 주듯 나를 달래 주었고, 어느 날은 꿈을 그리듯 신선한 자극을 주었다.

행복의 파랑새가 가까이에 있었던 것처럼, 활력소도 먼 곳에 있는 것이 아니었다. 남들은 진작부터 다 알고 있었던 것을, 나는 그때에야 비로소 깨달았다. 어제, 오늘, 내일, 모레…. 매일 같은 일상이 반복돼도, 또 하루가 시작되면 그 자체가 귀한 선물이라는 것을!

파랑새 등에 올라앉아 세상 구경을 하며 출근하던 신입 사원 시절. 가끔 그때를 떠올리면 가만히 미소가 번지며 행복해진다. 분주하지만 활기찬 아침을 맞이할 생각에! 그리고 특별하지 않아도 소중한 하루를 만끽할 기대에!

로렐라이 언덕에서 빨래를 하다

우리 집 세탁기는 낙차의 원리로 빨래를 한다. 빨랫감을 넣으면 얼마 지나지 않아 '쏴아~ 쏴아~' 물이 뿌려진다. 곧이어 무심한 듯 '툭툭' 던지는 소리가 난다. 낙차 원리를 적용하기 시작한 것이다. 빨랫방망이로 때리는 것과 같은 효과를 볼 수 있다. 사정없이 패대기치는 통에 빨랫감은 몇 번이고 내동댕이쳐진다. 여기서 끝이 아니다. '철푸덕~ 철푸덕~' 거친 물살에 헹궈지고, 어지러울 정도로 빙글빙글 돌아 탈수가 된 후에야 모든 과정이 끝난다. 바로 멜로디가 뒤따른다.

"옛날부터 전해 오는 쓸쓸한 이 말이

가슴속에 그립게도 끝없이 떠오른다.”

세탁이 다 되었다는 신호다. 조금 전까지 빨래에게 그리 모질게 굴던 세탁기가 언제 그랬냐는 듯 우아한 가곡으로 주인에게 알린다.

친근한 선율에 서정적인 노랫말을 얹은 가곡 「로렐라이」. 그 배경인 로렐라이 언덕은 독일 여행의 필수 코스다. ‘언덕’이라는 단어에서 풍기는 분위기답게 자그마하고 정감 어린 곳일 줄 알았다. 마음먹으면 단숨에 뛰어 오르락내리락할 수 있는 동네 뒷동산 언덕쯤이겠지 생각했다. 그곳에 가 보기 전까지는.

로렐라이 언덕은 그려 왔던 이미지와 완전히 딴판이었다. 상상했던 것보다 엄청나게 크고, 언덕이라기보다는 산에 가까웠다. 아니, 산이라기보다는 나무가 있는 절벽이라고 해야 할 것 같았다. 아래를 내려다보기가 아찔한 이 장소에 왜 ‘언덕’이라는 소박한 명칭을 붙인 것인지 궁금할 정도였다.

무언가를 떨어뜨리면 엄청난 가속도가 붙을 것 같은 아스라이 높은 언덕에서 나는 낙차를 떠올렸다. 로렐라이

언덕과 세탁기. 전혀 접점이 없을 것 같은 둘 사이에 연관
점이 보이기 시작했다. 더러운 빨랫감에게 낙차를 이용해
혹독한 시련을 주고 난 뒤「로렐라이」를 들려주는 세탁기
가 영 엉뚱하지는 않다는 생각이 들었다.

    "구름 걷힌 하늘 아래 고요한 라인강

      저녁 빛이 찬란하다 로렐라이 언덕."

나는 매일 아침「로렐라이」를 듣는다. 빨래에 있어서만
큼은 부지런한 주부인 덕이다. 질허(F. Silcher)는 자신이
쓴 곡이 먼 훗날 이역만리 타국의 어느 가정집 세탁기에
서 울려 퍼질 것이라고는 생각도 못했을 것이다. 나 또한
학창 시절 가창 시험 시간에 덜덜 떨면서 불렀던 노래를
이렇게 매일 듣게 될 줄 몰랐다.

세탁기가「로렐라이」를 부르면 하던 청소를 멈추고 다
된 빨래를 꺼내러 간다. 고행을 묵묵히 견디며 목욕재계
를 마친 세탁물은 더없이 깨끗하다. 세제 향과 함께 훅 풍
기는 수증기 냄새. 어릴 적 엄마를 따라갔던 대중탕에서
목욕을 마치고 나왔을 때의 개운함이 느껴진다.

　빨래를 널며 뉴스를 듣는다. 오늘도 지저분하고 추접한 사건이 많은가 보다. 생각해 보니 세탁기는 가혹하지 않다. 더러운 것은 인고의 시간이 있더라도 세탁되어야 한다. 옷이든 사람이든 세상이든.

짝이 되기 싫은 친구 '엄서영'

교생 실습 첫날, 떨리는 가슴으로 학교에 들어섰다. 뿔테안경을 쓴 다부진 체격의 선생님이 다가오셨다. 교생 담당 지도 교사였다.

"김 선생님, 만나서 반가워요."

'김 선생님이라고?' 잠시 멈칫했다. 난생처음 들어보는 호칭이 듣기 어색하면서도 싫지 않았다. 그 순간, 굳게 결심했다. 비록 교생 신분이지만, 아이들과 함께 지내는 한 달 동안 따뜻하고 자상한 선생님이 되기로.

학생들이 나를 부르는 '선생님' 소리가 조금 익숙해졌을 때쯤, 지도 교사 선생님이 나를 부르셨다.

"김 선생님, 애들하고 지내보니까 어떠세요? 혹시 힘드신 건 없어요?"

"네, 괜찮습니다."

"우리 반 애들이 장난이 심해서 그렇지 다들 착해요. 그리고 이건 교우 관계 조사한 건데, 애들 파악도 할 겸 김 선생님이 먼저 검토해 봐요."

"네, 알겠습니다."

지도 교사 선생님은 수십 장의 종이를 건넸다. 아이들이 각자 짝이 되고 싶은 친구와 짝이 되기 싫은 친구를 써서 낸 것이었다.

겉으로 보기에는 다들 사이좋게 지내는 것 같았지만, 보이는 것이 다가 아닐 수도 있다는 생각이 들자, 아이들의 속마음이 궁금했다. 한 장 한 장 종이를 넘겼다. 짝이 되고 싶은 친구로는 여러 명이 지목되었다. 평소 친한 아이들끼리 서로 이름을 적은 것 같았다. 그런데 짝이 되기 싫은 친구로는 거의 모든 아이들이 한 아이를 지목했다. '엄서영'이라는 아이였다.

'엄서영? 이렇게 많은 아이들이 서영이라는 아이를 싫어하는구나. 이게 바로 말로만 듣던 왕따? 얼마나 외롭고 힘들었을까? 혹시 괴롭힘이라도 당하는 건 아닐까?'

나는 불쌍한 서영이를 도와주기로 결심했다.

'서영아, 이제 내가 너를 지켜 줄게. 선생님이 지켜 줄게!'

나는 곧바로 '왕따 구출 프로젝트'를 기획했다. 그런데 서영이를 도우려면 먼저 서영이가 누군지를 알아야 하는데, 교생 실습을 시작한 지 얼마 안 되었을 때라, 반 아이들을 다 알지는 못했다. 아이들에게 물어보면 금방 알 수 있을 거라는 생각은 들었지만, 그랬다가 혹시라도 서영이에게 피해가 갈까 봐 비밀스럽게 서영이를 찾기 시작했다.

그런데 이상했다. 오가는 학생들 이름표를 유심히 보아도 엄서영은 없었다.

'서울 가서 김 서방도 찾는다는데, 우리 반에서 엄서영 찾기가 왜 이리 어려울까?'

며칠 동안 찾아도 보이지 않았다. 왠지 불길한 예감이 들었다.

'혹시 왕따 당하는 게 괴로워서 결석한 걸까? 아, 가여운 서영이!'

이대로 가만히 있을 수는 없었지만, 서영이를 찾을 수

가 없으니 도울 수도 없었다.

결국, 지도 교사 선생님께 말씀드렸다.

"선생님, 교우 관계 조사한 걸 보니 아무래도 서영이란 아이가 따돌림을 당하는 것 같아요."

"네?"

"저, 엄서영이라고, 여기 짝이 되기 싫은 친구에 제일 많이 나온 이름인데요, 걱정이 되어서요."

교우 관계 조사서를 내밀자, 지도 교사 선생님은 갑자기 웃음을 터뜨리는 것이었다. 너무나 이상한 반응이었다.

'아니, 자기 반 아이가 왕따를 당한다는데, 뭐가 그리 우스운 거지? 지금 심각한 상황인데. 혹시 너무 놀라 상황 파악을 잘 못하신 걸까?'

당황하여 놀란 눈을 끔벅거리는 나를 보며, 지도 교사 선생님이 말했다.

"김 선생님, '엄서영'은 학생 이름이 아니구요, '없어요' 라는 말을 요즘 애들이 그렇게 쓰기도 해요. '엄서영~' 이런 식으로요."

얼굴이 훅 달아올랐다. 어찌할 바를 몰라 그저 멋쩍게 따라 웃기만 했다.

비장한 각오로 시작한 '왕따 구출 프로젝트'는 그렇게 허무하게 막을 내렸다. '엄서영'은 존재하지도 않는 아이였고, 왕따는 일어나지도 않은 사건이었다. 아무 일도 없는 평화로운 교실에서, 내 마음대로 있지도 않은 피해자를 돕겠다며 은밀하게 헤집고 다닌 것이었다. 어쭙잖은 정의감으로 의욕과 열정만 앞서 설쳐 댄 것이 부끄러웠다.

그리고 미안했다. '왕따 구출 프로젝트'를 진행하는 동안 아이들을 관찰하며 표정이 차갑거나 말투가 조금이라도 거친 아이가 있으면, '혹시 저 아이가 서영이를 괴롭히는 것은 아닐까?' 하는 생각에 남몰래 주시했었다. 겉으로는 아무 내색도 안 했을지라도, 속으로 의심을 품었다는 것만으로도 자책이 들어 아이들을 볼 낯이 없었다.

교우 관계 조사서를 다시 한 장 한 장 넘겨 보았다. '짝이 되기 싫은 친구는 엄서영(없어요).' 즉 '우리 반 친구들은 다 좋아요.'라고 말하고 있는 아이들. 이 착하고 순수한 아이들에게 내 나름의 방식으로라도 사과하고 싶었다.

다음 날부터 아침에 등교하는 아이들에게 먼저 인사를 건넸다. 지나가다 마주치면 웃으면서 이름을 불러 주었다. '엄서영' 찾는 데만 정신이 팔려 있을 때와는 달리, 아이들한 명 한 명에게 관심을 기울이기 시작했다. 의심의 눈으로 보느라 놓쳤던 아이들의 장점이 하나둘 눈에 들어왔다. "청소를 꼼꼼하게 잘하는구나." "반찬을 골고루 잘 먹는구나." "글씨를 참 예쁘게 쓰는구나." 하며 소소한 것도 칭찬해 주었다.

내 진심이 통했던 것일까? 봄볕이 따뜻해질수록 서먹함은 녹아내렸다. 볕은 점점 더 강해졌다. 녹아내려 있던 서먹함의 마지막 방울마저 말라 버렸을 때쯤, 아이들과의 시간도 끝나 가고 있었다.

교생 실습 마지막 날, 지도 교사 선생님께 인사를 드리러 갔다. 초반에 있었던 '엄서영 사건'이 떠올라 겸연쩍게 웃는 나를 지도 교사가 물끄러미 바라보았다. 뿔테안경 너머로 보이는 눈빛에서 왠지 따스한 햇기가 느껴졌다.

괜찮은 사람이 사는 법

나는 괜찮은 사람이었다. 모든 것이 다 괜찮았다. 늘 괜찮았다.

미국에서 교통사고를 당해 쓰러져 있는 한국인에게, 미국인이 "How are you?"라고 물었더니, "I'm fine. Thank you. And you?"라는 대답이 돌아와 몹시 당황스러워했다는 일화가 있다. 고통스러워 죽겠다는 표정과 그가 내뱉는 말은 전혀 어울리지 않는 것이었으니, 누구라도 적잖은 괴리감을 느꼈으리라. 아니, 어쩌면 아파서 신음하는 와중에도 난 괜찮다고, 고맙다고, 당신은 어떠냐고 상대방의 안부까지 꼼꼼하게 챙겨 묻는 모습이 흡사

성인군자처럼 느껴졌을지도 모른다.

하지만 우리 세대의 한국인이라면 알 것이다. 그 질문에 그가 왜 그런 대답을 했는지. "그런 상황에서 어떻게 그런 대답이 나올 수 있느냐?"라고 묻는다면, 아마도 "나는 그렇게 배웠다."라고 답하지 않을까? 그 질문에는 그렇게 답해야 한다고 배웠으니까.

수학에만 공식이 있는 것이 아니었다. 영어 문제도 공식대로 풀어야 했다. A와 B의 대화에서, A가 하는 말에 대한 B의 대답은 정답처럼 정해져 있었다. A가 "How are you?"라고 물으면, B는 "I'm fine. Thank you. And you?"라고 답해야 했다. "Thank you."에는 "You are welcome."이라고 해야 했으며, "I'm sorry."에는 "That's all right."이 정답이었다. 유사한 정답이 한두 가지 더 있다 해도 표현만 조금씩 다를 뿐, 어차피 다 비슷한 뜻이었다.

대한민국 주입식 영어 교육의 폐해를 논하자는 것이 아니다. 교사 1인당 학생 수가 엄청났던 시절에는 암기식 교육 방식이 불가피하기도 했을 것이다. 또한 효율적으로 많은 지식을 습득하기 위해서는 주입과 암기도 어떤 면에서 보면 효과적인 방법이기도 했다.

문제는 따로 있었다. 개인의 감정, 특히 부정적인 감정 표현은 절제하는 것이 미덕이라는 동양 사상이 서양 언어인 영어를 교육하는 데도 영향을 미친 것일까? 그 누구도, "선생님, 잘 지내지 못하는 상황이면 어떻게 대답해야 해요?" "내키지 않았는데 하도 부탁해서 어쩔 수 없이 도와줬어도 애써 별것 아닌 척해야 하나요?" "친구가 미안하다고 하는데도 계속 서운한 마음이 들면 어떻게 말해요?"라고 묻지 않았다. 그냥 선생님이 가르쳐 준 대로, 교과서에 적힌 대로 외우고, 외운 것을 토대로 시험 문제를 풀면 좋은 성적을 받을 수 있었다.

비단 영어뿐이 아니다. 대화에서 정형화된 답이 정해져 있다는 것은 이미 초등학교 때부터 배웠다. 중학교에서 배운 A와 B의 대화는 초등학교 교과서에 나오는 영희와 철수의 대화를 영어로 번역한 것일 뿐, 다를 것이 없었다.

학교에서 배운 정답은 가장 이상적인 답변이긴 하지만 현실을 반영하지 않은 것이었다. 살다 보면 항상 좋은 날만 있는 것도 아니고, 평생 꿈동산에서 착한 아이 노릇만 하며 살 수는 없는데, 정답은 늘 '괜찮은' 상황이라는 가정 아래서만 설정된 것이었다. 그래서 막상 '괜찮지 않은'

상황을 만났을 때, 나의 '괜찮지 않음'을 솔직히 말해도 되는지 망설여졌다.

어느 날 몸살이 나서 꼼짝도 못하고 누워 있는데 친구에게서 전화가 왔다. 저녁을 사 주겠다고 했다. "지금 너희 집 쪽으로 가고 있어. 아무것도 못 먹었다며? 아플수록 맛있는 것 먹고 보신해야지." 하며 몸만 나오라고 했다. 아픈 나를 생각해 주는 친구 마음은 고마웠지만, 갑자기 나오라고 하니 당황스럽고, 밥이고 뭐고 그냥 쉬고 싶고, 초췌한 모습으로 밖에 나가고 싶지 않은 것이 솔직한 내 심정이었다. 아파서 몰골이 말이 아니라고, 다음에 보자고 하는 나에게, 그녀는 "괜찮으니까 나와." 하며 연신 채근했다.

순간 어리둥절했다. 친구에게 괜찮냐고 물어본 것이 아니라 내 상태가 괜찮지 않음을 말한 것인데, 친구에게서 "괜찮다."라는 말을 듣다니! 뜻밖이었지만 친구의 진심은 느껴졌기에 별말을 하지는 않았다. 나를 걱정해서 우리 집 앞까지 와 준 친구의 정성에 화답하기 위해, 아픈 것을 참고 나갔다. 그리고 최대한 '괜찮은 척'했다.

일처리를 제대로 하지 않고 휴가를 떠나 버린 동료 때문에 며칠 동안 정신없이 뛰어다니고 야근까지 하며 '독박 근무'를 한 적이 있다. 뒷수습을 하느라 진이 다 빠져 있는 나에게, 그녀가 돌아와서 건네는 '고맙다'는 인사가 왠지 곱게만 들리지는 않았다. 그런데 "나 때문에 힘들었지?" 하고 물었을 때, 나도 모르게 "괜찮다."라는 대답이 나왔다. 다음부터는 그러지 말라고, 엄청 힘들었다고 생색낼 생각은 하지도 못한 채.

잘못한 상대방이 "미안해요."라고만 하면 "괜찮아요." 라는 말이 자동으로 나왔다. 섭섭한 감정이 미처 풀리지 않은 경우라도, 내 마음은 이렇고 저렇다며 허심탄회하게 말하지 못했다. 진심 어린 사과가 아닌, 단지 '사과 멘트' 에 불과한 걸 알더라도, "영혼 없는 사과는 받기 싫어요!" 하며 일침을 놓지 못했다. 필요에 의한 형식적인 사과도, '좋은 게 좋은 거'라는 마음으로 받아주었다. "I'm sorry." 에는 "That's all right."이 정답이니까.

주입식 교육의 직격탄이라도 맞은 것처럼 몸이 아파도,

무리해서 힘들어도, 서운함이 응어리져 있어도 "괜찮다."
라고 했다. 아니, 어쩌면 '괜찮아야만' 했는지도 모른다. '괜
찮음'이 강요되는 사회에서 괴로워도, 힘들어도, 화나도,
늘 "괜찮아요."라고 했다. 나는 잘 훈련된 로봇이었다.

공식은 수학에만 있는 걸로 족하다. 인간관계에서의 감
정 표현마저도 정해진 공식 안에서 할 필요는 없지 않은
가? 어차피 '다 괜찮다'고 답이 정해져 있다면 대화가 왜
필요하겠는가? 싫으면 싫다고, 힘들면 힘들다고 거침없
이 말하는 요즘 MZ세대를 당돌하고 이기적이라고 비판
하기도 하던데, 나는 그들의 솔직함만큼은 조금 부럽다.
나는 그러지 못했으니까.

내 상태를 솔직하게 표현하는 방법을 이제부터라도 배
워 보려 한다. 무조건 '괜찮다'고 하기 전에, 먼저 나 자신
에게 "너 정말 괜찮니?" 하고 물어봐야겠다. 괜찮지 않다
고 말하는 내 모습이 아직은 낯설지만, 속으로 끙끙대다
곪아터지는 것보다야 나을 것이다. '괜찮음'의 관성에 젖
어 무뎌진 내 감정에게 말해 주고 싶다.

"괜찮아도 되고, 괜찮지 않아도 돼."

별난 여자 제니퍼

요즘 외국인들의 한국 생활을 다룬 프로그램이 인기다. 생경한 문화 충격에 좌충우돌하는 모습을 보면, 문득 제니퍼를 처음 만났던 그날이 떠오른다.

뉴페이스에 대한 관심은 대단한 법! 제니퍼에게도 마찬가지였다. 새로 올 직원이 뉴욕 출신 여자라는 간단한 정보만으로 부서원들은 패션 잡지의 세련된 모델 같은 이미지를 떠올렸다. 상상은 소문이 되고, 소문은 사실로 둔갑했다. 아직 보지도 못한 사람의 외모에 대한 기대는 풍선처럼 부풀어 올랐다. 그런가 하면, 다른 직원들과 융화가 되겠냐는 등 팀워크에 문제가 생길 수도 있겠다는 등 걱정을 하기도 했다. 사람 많은 곳에는 말도 참 많았다.

드디어 제니퍼의 첫 출근 날, 그 강렬했던 첫인상을 기억한다. 선글라스를 쓰고 팔짱을 낀 채 등장한 모습부터 범상치 않았다. 게다가 직장에 출근하는 복장이라고는 믿기 어려운, 너무나도 편안한 옷차림을 하고 있었다. 미국 시골 어딘가에 있을 푸근한 동네 아주머니 같았다. 멋쟁이 뉴요커의 이미지가 무너지는 순간이었다. 제니퍼의 외모에 대해 사람들이 불어 댄 환상 풍선은 보기 좋게 터지고 말았다.

불길한 예감은 빗나가지 않는 것일까? 시간이 지나면서 사람들의 걱정은 맞아떨어졌다. 외모보다는 행동이 문제였다. 이상한 점이 한두 가지가 아니었다. 한마디로 '별난 여자'였다. 점심시간이면 구내식당을 이용하지 않고 혼자 어디론가 사라지질 않나, 말을 걸어도 단답형으로 대답하고 얼굴을 피해 사람 무안하게 하질 않나, 도무지 이해가 안 되는 행동의 연속이었다. 인사과장 말로는 한국어도 조금 할 줄 안다는데, 주위 동료들과도 통 대화가 없었다. 심지어 업무상 필요한 말도 직접 하지 않고 사내 메신저를 통해서만 소통하는 것이었다. 이쯤 되니 너희와는 어울리기 싫으니 말 걸지 말라는 무언의 시위인가 싶었다. 물 위에 떨어진 기름방울처럼 겉도는 모습에 경계심만 높아져 갔다.

그러던 어느 날 생각지도 않은 일이 생겼다. 제니퍼가 먼저 내게 말을 걸어온 것이다. 그나마 내가 편안하게 느껴졌던 것일까? 도움을 청하는 한국어 발음이 어눌하다고 느껴질 때쯤, 영어로 구체적인 사정을 이야기하기 시작했다. 집에 있는 에어컨이 고장났는데 한국말로 설명할 수 없어 수리를 받지 못하고 있다며 울상이었다. 나는 곧바로 수리센터에 전화를 걸어 고장 내용을 설명하고 기사 방문 예약을 잡아 주었다. 의사소통 문제를 고려해 예약자 연락처는 내 전화번호를 남겼다.

'어제까지만 해도 경계 대상 1위였는데, 오늘은 개인적인 부탁까지 들어주게 되다니!'

인간관계란 참 묘하다 싶으면서도 남을 도왔다는 생각에 뿌듯했다.

그런데 수리 기사가 방문하기로 한 날, 한 통의 전화가 나를 당황하게 했다.

"수리 기사인데요, 지금 집에 아무도 없는데요?"

"그럴 리가요? 분명히 예약 시간을 알려 줬는데."

곧장 제니퍼에게 전화를 걸어 혹시 방문 약속을 잊었냐
고 물었다. 그녀의 대답은 나를 더 놀라게 했다. 약속을
잊은 건 수리 기사 아니냐며, 10분이나 기다렸는데 오지
않아서 외출했다고 했다.

아! 그때의 당혹감이란!

'한여름 수리 예약이 많은 시기에 10분 늦는 것쯤이야
이해해 주는 것이 인지상정인데, 그것도 못 참다니! 코리
안 타임을 보란 듯이 비웃은 건가? 기껏 도와준 나를 실
없는 사람으로 만들다니! 뭐 이런 사람이 다 있지?'

제니퍼에 대한 내 마음의 벽은 다시 높아질 수밖에 없
었다.

그런데 세상일은 알 수 없다더니, 그 일이 제니퍼와 친
해지는 계기가 될 줄이야! '에어컨 사건' 이후 서운한 내
감정을 눈치챘는지 제니퍼가 먼저 다가왔다. 자기 입장만
생각하고 나를 곤란하게 했다며 사과했다. 진심은 통했
고, 이어 그녀는 더 많은 이야기를 털어놓았다.

이역만리 타국에서의 녹록지 않은 삶. 한국에 와서 가장
놀랐던 건, 거리에 사람들이 모두 '한국인'뿐인 것이었다고
했다. 멜팅 팟(Melting Pot) 속에서 살아오다가 처음으로 검은

머리, 검은 눈동자의 '한국인'만 가득한 곳에 발을 들였을 때 철저한 이방인이 된 느낌이었다고 했다. 사람뿐 아니라 음식도 낯설고, 문화도 낯설었다고 했다. 구내식당의 한국 음식이 입에 맞지 않아 나가서 샌드위치로 때우기도 여러 번이었고, 물건을 줄 때 두 손으로 건네고, 인사할 때 머리를 숙이는 한국 사람들의 깍듯한 모습이 조심스러워서 혹시 무슨 실수라도 할까 봐 두려웠다고 했다. 또 한국말이 서투르니 말 붙일 자신도 없었고, 그렇다고 영어로 말을 걸면 혹시 실례가 될까 봐 주저했다는 것이다.

들다 보니 그간의 오해가 하나씩 풀렸다. 그리고 그녀에게서 내 모습을 봤다. 걱정 많고 조심성 많아 먼저 다가가지 않는 성격. 그 때문에 종종 '어깨에 힘주고 다니는 여자'로 오해를 받기도 했던 나. 과거 그런 오해로 힘들어했던 내가 같은 이유로 그녀를 독불장군이라 오해했다니!

그날 이후, 우리는 마음을 터놓게 되었다. 나이도 피부색도 다른 두 사람의 우정은 국경을 넘었다. 많은 것이 다르면서도 또 다른 많은 것이 비슷했기에, 우리는 더 특별한 친구가 될 수 있었다. 이직하여 자주 볼 수 없게 된 지금도 가끔 소식을 주고받는다. 학원에서 아이들에게 영어

를 가르치는데 인기 만점 선생님이 되었다며 너스레를 떠
는 그녀에게서 예전 '별난 여자'의 모습은 찾을 수 없다.
특이한 동료였다가 특별한 친구가 된 제니퍼. 그녀의 한
국 생활을 응원한다.

진심은 주고받는 것

대학 시절, 시험을 앞두고 공부하던 어느 날 도서관 화장실에서 지갑을 주웠다. 화장실 칸 벽면 휴지걸이 위에 있는 지갑을 발견하자마자 바로 도서관 분실물센터로 가져갔다. 분실물센터는 경비 아저씨가 지키고 계셨다. 내가 문을 열고 들어가도 아저씨는 돌아보지도 않고 고개를 숙인 채 무언가를 계속 적으면서, 손짓으로 중앙에 놓인 바구니를 가리켰다.

"거기 놓고 가요."

그래도 주인이 찾아오면 언제 어디서 발견된 것인지는 알아야 찾아 주기 쉬울 것 같아 설명을 시작했다.

"저, 이거 방금 여자 화장실에서 주운 건데요."

"……."

아무 대답이 없는 아저씨 반응에 머쓱해져서 바구니에 지갑만 놓아두고 돌아섰다. 그리고 문을 열고 나가려는 찰나, 다급히 나를 부르는 아저씨 목소리가 들렸다.

"학생! 학생!"

"네? 저요?"

아까는 내가 말을 해도 못 들은 듯, 하던 일만 계속하더니 갑자기 무슨 일로 부르는지 알 수가 없었다. 일단 뒤돌아 다시 아저씨 앞으로 갔다.

"학생, 여기 이름하고 연락처 적어 두고 가."

다짜고짜 이름과 연락처를 적으라니 의아했다. 하지만 곧 그 용도를 알 것 같았다.

'혹시 주인이 와서 사례를 하려고 하면 알려 주려고 하시나 보다.'

나는 손사래를 쳤다.

"아니에요, 아니에요. 전 사례는 필요 없어요."

아저씨 얼굴에 잠시 뭔지 모를 기색이 감돌았다.

"아니, 학생, 그게 아니고, 이게 지갑이라서 그래. 그리고 여기 뭐가 들어 있는지 나랑 같이 확인 좀 하자고."

"네?"

이건 또 무슨 소리? 남의 지갑 안을 내가 왜 확인해야 하는지 알 수가 없었다. 내 표정에서 황당함을 읽었는지, 아저씨가 이유를 설명했다.

"아까는 지갑인지 모르고 그냥 두고 가라고 했지. 그런데 지갑은 일반 분실물하고는 달라. 돈이 들어 있다 보니 종종 오해가 생기거든."

그제야 알 것 같았다. 지갑 속에 든 돈이 주인이 생각했던 액수와 달라 오해를 받은 적이 있었던 것 같았다. 주운 사람이 보는 앞에서 돈을 세고 액수를 적어 두어야 마음이 놓인다며, 혹시 무슨 일이 있으면 연락을 하겠다고 했다. 이를테면 증인(?)이 된 것이었다.

지갑을 열어 속에 든 돈을 꺼내 하나하나 세기 시작했다. 지폐를 세어 보니 50만 원이 조금 넘었다. 동전 몇 개까지 정확히 세어 액수를 적고, 그 옆에 내 이름과 연락처까지 적고 나서야 아저씨는 나에게 가도 된다고 했다.

다시 공부하러 도서관 자리로 돌아가자, 같이 공부하던 친구들이 불러냈다.

"아니, 대체 어딜 갔다 온 거야?"

자초지종을 이야기하자 여러 가지 반응이 나왔다.

"좋은 일 했네."

첫 번째 반응은 선생님 같은 친구의 칭찬이었다. 저쪽에서 이야기를 듣고 달려온 낭만 소녀 친구가 호들갑을 떨었다.

"나중에 주인이 찾으면 연락 오겠지? 멋진 남학생이면 좋겠다. 잃어버린 지갑이 이어 준 인연! 이러다 커플 하나 탄생하는 거 아냐? 아! 우리가 꿈꾸던 캠퍼스의 로맨스!"

주운 장소가 여자 화장실이라는 것을 못 들은 것인지, 듣고도 잊은 것인지 희망 사항을 늘어놓았다. 두 번째 반응이었다. 내내 듣고만 있던 장난기 많은 친구가 끼어들었다.

"막말로, 현금이면 그냥 가져도 모르는 거잖아? 번호 적힌 수표도 아니고. 게다가 화장실 칸 내부면 주워서 가져도 아무도 모르는데! 아유, 바보!"

놀라운 농담! 세 번째 반응이었다.

그로부터 며칠이 지난 어느 날 전화벨이 울렸다. 무심코 받았더니 얼마 전 주웠던 지갑의 주인이었다.

"지갑 잃어버리고 한참 찾았어요. 어디서 잃어버린지도

기억이 안 나서 학생 식당이며 강의실이며 다시 되짚어 가 봤는데도 없길래 그냥 포기하고 있었거든요. 그런데 문득 그날 도서관에 들렀던 기억이 나서 혹시나 하고 도서관 분실물센터에 가 봤더니 글쎄, 안 그래도 어떤 학생이 주워서 맡기고 간 것이 있다며 아저씨가 내주셨어요. 정말 고마워요.”

진심이 느껴지는 목소리였다. “정말 고마워요.”라고 할 때는 울먹이는 듯 약간 떨리는 것까지 느껴졌다. 알고 보니 과는 다르지만 후배였다.

지방에서 올라와 공부하는 학생인데, 그 돈은 부모님이 보내 주신 하숙비와 용돈이었고, 그날은 하숙비 내는 날이었다고 했다.

“하숙비 내려고 지갑을 꺼내려는데 가방을 다 뒤져 봐도 없더라구요. 그때 정말 아찔했어요. 급한 대로 가지고 있던 돈이랑 친구들한테 빌린 돈 합쳐서 하숙비를 일부만 내고, 주인아주머니께 사정 말씀드리고 모자라는 돈은 나중에 드리겠다고 했는데, 막막하더라구요. 당장 아르바이트 자리 하나 더 구하는 것도 쉽지 않고, 돈 잃어버렸다고 솔직히 부모님께 말씀드리자니 너무 죄송스러워 말도 못 꺼내겠고, 돈 찾을 길은 없고, 눈물이 나더라구요."

그러다가 도서관에서 지갑을 찾았을 때 구세주라도 만난 듯했다며 듣는 내가 쑥스러울 정도로 고맙다는 말을 연발하더니 사례를 하고 싶다고 했다. 만나서 밥이라도 사고 싶다는 말에 괜찮다고 했지만, 꼭 사고 싶다며 시험 끝나면 다시 연락을 하겠다고 했다.

중간고사가 끝나고 일주일쯤 지난 어느 날 정말 다시 전화가 걸려 왔다.

"그때 정말 감사해서 그래요. 혹시 잘 모르는 사람과 밥 먹는 게 부담스러우시면 선물이라도 하고 싶어요. 만날 시간이 없으면 과 사무실에 맡기고 갈 테니 학과라도 알려 주시면 안 될까요?"

지갑을 찾아 준 것이 나에게는 그리 어려운 일도 아니었고, 사례를 받으려고 한 일도 아니었다며 거절했다. 지방에서 올라와 아르바이트까지 해 가며 어렵게 공부하는 어린 후배에게 식사 대접이든 선물이든 무언가를 받는다는 것이 내키지 않았다. 그 뒤로도 몇 번 연락이 왔지만, 계속 거절을 했고, 그러다 보니 자연스럽게 연락이 끊어졌다.

　지금 생각해 보면 내가 그때 그 후배의 진심을 외면한 것이 아닌가 싶다. 남의 진심을 잘 받아 주는 것도 내가 남에게 베푸는 것 못지않게 중요한 덕목임을 몰랐던 것이다. 지금 같으면 학생 식당에서 밥 한 끼 얻어먹고, 다음 번에는 내가 사 주기도 하며 관계를 이어 갔을 텐데, 그때는 어렸고, 인생 경험이 부족했고, 인간관계의 본질을 잘 몰랐다. 그저 나만 남에게 잘하면 되는 줄 알았기에, 그 후배에게 본의 아니게 무안을 준 것은 아니었을까?

　비슷한 상황이 또 닥친다면 이번에도 '한 푼도 안 챙기고 고스란히 돌려주는 바보' 노릇은 그때와 똑같이 할 것이다. 훔치는 사람도 있고, 빼앗는 사람도 있는데, 주운 돈 좀 가지는 게 뭐 어떠냐며, 고지식하다고 핀잔을 듣더라도 말이다.

　하지만 상대방이 보이는 진심에 대해서는 그때와는 다르게 처신하고 싶다. 잃어버린 돈을 찾아 주고 싶은 내 진심만큼이나 고마움을 표하고 싶은 상대방의 진심도 귀한 것이니!

올해는 봉숭아 꽃물을 들여봐야겠다

집 앞마당에 피기 시작한 봉숭아꽃은 그 자체로 반가움의 존재였다. 설렘과 분주함이 묻어나는 반가움. 봉숭아꽃이 피기 시작했다는 것은 여름방학이 머지않았다는 신호탄이니 마음은 설렜고, 곧 대망의 연중행사를 시작해야 하니 행동은 분주해졌다.

이름하여 '봉숭아 꽃물 들이기 프로젝트'.

거창한 이름에 비해 레시피는 간단했다. 조그만 절구에 봉숭아 꽃잎을 듬뿍 따서 넣고 이파리도 몇 장 따 넣는다. 약국에서 사 온 비법의 백색 가루 백반도 잊지 않고 넣어 줘야 한다. 한데 모아 절굿공이로 콩콩 찧다 보면 모든 재료는 바알갛게 뒤엉킨다. 이제 작은 덩어리로 뭉쳐 손톱

위에 올리면 된다. 그냥 올리기만 하면 금방 떨어질 터. 이파리로 감싼 뒤 이불 홑청을 꿰맬 때 쓰는 굵은 실로 칭칭 동여매 확실히 고정해 준다.

이 과정이 다 끝났다고 해서 방심은 금물. 이후의 모든 행동에는 각별한 주의를 기울여야 했다. 레시피는 간단했지만 이 프로젝트가 결코 쉽지 않은 이유이기도 했다. 주먹을 쥐거나 손을 흔들거나 피아노를 치는 등 손을 움직이는 것을 자제해야 했다. 또한 평소보다 더 얌전해져야 했다. 뛰거나 장난을 치지도 않았고, 앉을 때는 무릎 위에 양손을 가지런히 펼쳐 놓았다. 잠잘 때도 두 손을 가슴 위에 반듯이 올리고 잤다. 그러나 신기하게도 아침에 일어나면 손톱 위 봉숭아꽃은 온데간데없고, 풀어 헤쳐진 이파리와 꽃잎 덩어리가 여기저기 널브러져 있었다. 실망스러웠지만 내 의지 밖의 일이니 어쩔 수 없다고 위안을 삼았다.

그리 어렵지 않은 레시피만 보고 이 프로젝트에 섣불리 뛰어들었다간 낭패를 볼 것이다. 그도 그럴 것이, 쉬운 레시피 끝에 따르는 까다로운 행동 수칙을 모두 지켜 내고도 한동안 기다림의 시간을 보내야 하니 말이다.

봉숭아꽃이 머물다 간 자리. 바알갛게 물든 건 손톱뿐이 아니었다. 손가락 한 마디 정도는 김치통에 담갔다 뺀 듯 바알간 물이 배어 있었다. 며칠은 기다려야 손가락에 밴 꽃물이 옅어졌다. 조금 더 시간을 두고 기다려 자란 손톱을 두어 번 깎아 내어 손톱 아래 반달 모양이 드러날 때쯤에야 비로소 손톱에 든 꽃물이 예쁘게 자리 잡았다. 활동성이 강하거나 인내심이 부족하면 감히 도전조차 못할 프로젝트가 무사히 막을 내린 것이다.

수행자의 인고처럼 느껴졌던 절제와 기다림의 시간을 견딘 대가는 달콤했다. 적어도 몇 달간은 예쁘게 물든 손톱을 뽐내고 다닐 수 있었다. 게다가 소원을 이룰 수 있는 기회까지 덤으로 얻었다. 손톱에 들인 봉숭아 꽃물이 첫눈 올 때까지 남아 있으면 소원이 이루어진다고 했으니. 떼쓰지 않고 착하게 굴면 산타 할아버지가 선물을 주신다는 말이 시시해질 무렵이었기에, 소원을 이루어 준다는 봉숭아 꽃물 이야기는 더욱 큰 믿음으로 다가왔다. 해마다 소원을 빌었다. 고맙게도 봉숭아 꽃물은 첫눈이 오기도 전에 소원을 들어주기도 했고, 이루어지기까지 조금 시간이 걸리는 소원일지라도 결코 외면하지는 않았다.

어느 해인가 빌었던 빨리 어른이 되고 싶다는 소원 때문일까, 몽당연필을 쥐고 숙제장을 누비던 손은 어느덧 컴퓨터 자판을 두드리며 서류 작업을 하는 손이 되어 있었다. 봉숭아 꽃물이 가장 확실하게 이루어 준 소원이었다.

새벽 출근과 야근을 반복하며 격무에 시달리는 직장 생활은 소원을 이루어 준 봉숭아 꽃물의 은혜도 잊게 만들었다. 바쁘다는 이유로 봉숭아 꽃물 들이기는 해 본 지 오래였다. 반나절은 족히 걸리는 한가로운 신선놀음 대신 한 시간도 채 안 걸리는 전문가의 손길을 택했다. 네일 아트 숍에 가서 가만히 앉아 있으면 큐티클을 제거하고 손톱 손질을 끝낸 후 색색의 매니큐어로 치장해 주니 그렇게 편할 수가 없었다.

"그것도 한때야. 결혼하면 못 해. 아가씨의 특권이지."

반짝이는 매니큐어를 곱게 얹은 내 손톱을 본 직장 선배의 한마디, 아니 여러 마디였다. 이 정도가 무슨 특권씩이나 되는지, 마음만 먹으면 할 수 있는 것을 너무 과장한다는 생각이 들었다. 그렇다고 "전 결혼해도 할 건데요?"라고 받아칠 만큼 당돌한 성격은 못되었기에 그저 웃고 넘겼다.

나이를 먹고 결혼을 해도 네일 아트 숍만은 계속 다닐 거라는 그때의 내 결심이 틀렸다는 것을 깨달은 건 결혼 후 얼마 지나지 않아서였다. 제 손으로 밥 한 번 안 해 본 철부지가 가족이 먹을 음식을 장만하는 막중한 임무를 수행해야 했다. 그 선배의 말은 맞았다. 쌀을 씻고 마늘을 까고 감자를 깎는 주부의 손에 화학물질 덩어리를 얹은 손톱이란 당치 않는 것이었다. 솜씨는 부족할지언정 음식을 대하는 자세만큼은 요리 대가를 따르자는 새로운 결심 앞에서, 네일 아트 숍을 향하던 발길도 자연스레 끊어졌다.

집 앞마당에 피기 시작한 봉숭아꽃은 그 자체로 고마움의 존재다. 다행스러움과 아련함이 피어나는 고마움. 독한 매니큐어로 장식할 수 없는 주부의 손톱도 봉숭아 꽃물로 곱게 꾸밀 수 있으니 그 순함이 다행스럽고, 도시에서 자란 사람에게도 '봉숭아 꽃물 들이기 프로젝트'라는 친자연적인 경험을 회상하게 해 주니 그 추억이 아련하다.

봉숭아꽃. 무성한 이파리들 사이에 혼자서는 수줍은 듯 무리 지어 줄기에 매달려 피는 꽃. 장미처럼 화려하지도, 백합처럼 향이 강하지도 않은, 그저 후두둑 떨어질 듯 여리여리한 꽃잎들. 그러나 가냘픈 외모 속에 숨겨진 위대한 희생 정신. 고운 꽃물로 거듭나기 위해 온몸이 짓이겨지는 아픔도 감수하는 그 살신성인에 경의를 표한다.

해마다 손톱을 예쁘게 물들여 주고 소원을 이루어 주던 봉숭아 꽃물을 너무 오래 잊고 있었다. 그동안 무심해서 미안했노라 사과도 할 겸, 올해는 봉숭아 꽃물을 들여봐야겠다.

여름 찬가

여름은 억울하다. 봄은 새로운 시작으로, 가을은 풍성한 수확으로 칭송받는다. 그 쌀쌀맞은 겨울마저 크리스마스나 연말연시 분위기 덕에 낭만적인 이미지를 챙긴다. 눈까지 펑펑 쏟아지면 연인들은 감지덕지, 청춘의 환호성이라도 지를 기세다. 이렇듯 다른 계절은 저마다 필살기로 찬사를 받는데, 여름만은 그렇지 못하다. 모두들 덥고 짜증난다며 빨리 지나가라고만 하니, 하릴없이 불청객 신세다.

자연은 약속을 잘 지킨다. 달력이란 계약서에 빼곡히 적힌 절기를 빠짐없이 이행하고자 계절을 세상으로 내보낸다. 사계절 모두 잘한 것도 못한 것도 없이, 그저 자연의 섭리대로 각자의 역할을 행하였을 뿐이다. 그런데 왜 유독 여름만 푸대접을 받아야 하는가?

여름은 당당하다. 사람들이 얼굴을 찡그리며 손사래를 쳐도 주눅들지 않는다. 햇볕을 쨍쨍하게 내리쬐고 습한 열기를 훅훅 내뿜는다. 누가 뭐래도 괘념치 않고, 자연이 정해 준 제 할 일을 묵묵히 한다. 오라고 한다고 오지도 않고, 가라고 한다고 가지도 않는다. 와야 할 때 오고, 가야할 때 가며, 의젓하게 자연의 위엄을 깨닫게 해 준다. 호통치는 것보다 더 와닿는 가르침이다.

여름은 은근하다. 배려심이 많다. 봄 햇살의 따스함에 한 줌 남아 있던 찬기마저 가시고 나면 그제야 들어와 앉을 채비를 한다. 조심스레 노크하며 곧 여름이 시작될 거라고(立夏) 언질을 준다. 사람들은 하나둘 반팔 옷을 꺼내 입는다. 그래도 느닷없이 들이닥쳐 사람들을 놀라게 하지 않는다. 일단 한낮부터 공략해 맛보기 더위를 보여 준다. 귀찮아서, 게을러서 미루던 사람들도 이쯤 되면 선풍기 날개를 닦지 않고는 못 배기리라. 다들 여름 나기 준비를 해 놨는지 숙제 검사를 마치고 나서야 안심하고 일 년 중 가장 긴 낮을 보여 준다(夏至). 본격적인 더위 데뷔식(小暑)을 하고 나면 여름 더위의 정수를 보여 준다. 이내 대서(大暑)를 거치면서 아침부터 푹푹 찌는가 하면, 쩔쩔 끓는 열대야에 잠 못 들게 하기도 한다. 존재감을 과시하는 것이 아닌, 자연에서 맡은 제 소임을 다하는 것이면서도, 절기에도 없는 삼복(三伏)까지 가져와서 남은 더위를 가늠케 해 주려는 자상함을 잊지 않는다.

여름은 이별의 도(道)를 안다. 고뿔도 나가면 서운하다고 했던가? 입추(立秋)가 되어 그 맹렬하던 무더위도 한풀 꺾이면, 절기가 무섭다는 말이 실감난다. 말복(末伏)이 지나면서는 잦아드는 매미 소리 사이로 풀벌레 소리가 비집고 들어온다. 왠지 모를 서글픔이 올라온다. 더 이상 제 있을 곳이 아니라는 것을 아는 듯, 여름은 서서히 가을에게 자리를 비켜 준다. 올 때도 은근히 다가왔듯, 갈 때도 획 돌아서 가 버리지는 않는다. 사람들에게 헤어질 시간이 왔음을 찬찬스레 알리고, 마음으로 받아들일 시간을 준다. 잔잔하게 남아 있던 늦더위도 거두어들이고(處暑) 길었던 낮 길이를 밤과 똑같이 만들어 놓고(秋分) 나서야 비로소 완전히 떠난다. 이별에도 예의가 필요하다는 것을 여름은 아는 것이다.

나는 여름이 좋다. 세차게 내리비치는 햇볕은 왕성한 에너지를 가졌다. 푸르른 숲길은 싱그러움을 뿜어낸다.

매미 소리도 알고 보면 시끄럽지만은 않다. 7년의 땅속 수양 끝에 겨우 날개옷 한 벌 얻어 입고 잠깐 세상 구경하고 떠나야 하는 운명, 처연하다. 빠르고 편한 것만 찾는 인간들에게 하고 싶은 말이 많은 걸까? 인고의 시간만큼 우렁찬 힘으로 울어 대는 소리가 청량하다.

매미 소리가 여름 소리라면, 모기향 냄새는 여름 냄새다. 저녁이 되면 모기향을 피워 놓고 온 가족이 둘러앉곤 했다. 엄마가 수박 한 통 잘라 내놓으면 우리는 앉은자리에서 금세 먹어 치웠고, 이런저런 이야기를 나누다 잠들곤 했다. 어린 날 여름밤의 추억 한가운데에 모기향 냄새가 있다. 매캐한 그 냄새가 아련하고 그립다.

멀어져 가는 여름의 끝자락을 붙잡고 싶다. 시나브로 다가와 온 정열을 바치더니, 가야 할 때가 되었다며 새침하게 굴면서도 냉정하지는 않다. 매몰차게 결별을 고하고 뒤도 안 돌아보고 가 버린다면, 충격은 받을지언정 미련은 없을 텐데, 갈 듯하면서도 안 갈 듯이 옷자락을 늘어뜨리고 있으니, 끝내는 갈 것이라는 것을 알면서도 가지 말라고 애원해 보고 싶다. 하지만 떠날 때가 되면 어김없이 떠나는 원칙주의자에게 애걸복걸 따위는 소용없다는 것을 잘 알기에 기꺼이 보내 주기로 한다.

설렘으로 다가와 익숙함으로 이어지다가 인연이 다하면 떠나야 하는 인간관계와도 닮았다. 다행인 것은, 인간과는 다르게 여름은 다음 해에 또 틀림없이 찾아온다는 것이다.

피천득 선생은 "봄이 마흔 살이 넘은 사람에게도 온다는 것은 참으로 다행한 일이다."라고 했다. 나에게는 여름이 그렇다. 매년 여름을 만날 수 있다는 것은 축복이다.

숲을 마신다

걱정 많고 소심한 아이는 빨리 어른이 되고 싶었다. 친구와 다투기만 해도 며칠을 끙끙거렸고, 선생님이 얼굴만 찌푸려도 겁부터 났다. 조그만 일에도 마음을 다쳐 울고 싶은 날이 많았다. 어른이 되면 모든 것이 해결될 것 같았다. 어른들이 우는 것은 본 적이 없으니까. 어른들은 힘든 일도 상처받는 일도 없는 줄 알았다.

어린 마음에도 자존심은 있었나 보다. 동생을 여럿 둔 언니 체면에 우는 모습을 보이기는 싫었다. 울고 싶은 날이면 집에서 멀지 않은 동산 숲으로 가곤 했다. 키우던 금붕어의 무덤이 있는 곳이었다. 나무 밑에 소원을 적은 종이를 숨겨 둔 비밀 장소이기도 했고.

숲은 여린 소녀의 약한 구석구석에 스며들었다. 흙과 풀과 나무의 체취가 어우러진 바람 냄새, 나무 끝 위로 아스라이 닿아 있던 평화로운 하늘 빛, 각기 제멋대로 울어대는데도 묘하게 조화를 이루던 새 소리…. 숲이 품은 냄새와 빛과 소리는 연고처럼 생채기 틈새를 메꾸어 연약한 마음을 치유해 주었다.

숲이 어루만지며 키운 소녀는 어느새 어른이 되었다. 어른들이 울지 않는 것은 힘든 일이 없어서가 아니라 힘들어도 참아서라는 것을 알게 되기까지는 그리 오랜 시간이 걸리지 않았다. 어른이 되기 전의 성장통보다 어른이 된 후에 세상을 배우는 대가로 치르는 고통이 더 크다는 것도 깨달았다.

우직하게 일만 잘하는 것이 직장 생활의 전부가 아니라는 것을 실감하고 쓸쓸해하던 때가 있었다. 서먹한 인간 관계를 풀어가는 것이 업무보다 몇 배는 더 복잡했다. 별로 친하지 않은 선배의 결혼식 참석을 위해 주말을 반납하는 것에도 익숙해졌다. 그날의 행선지는 울산이었다. 얼굴 도장을 찍고, 축의금을 내고, 결혼식을 끝까지 봤는데도 기차 시간까지 다섯 시간 남짓 남았다. 마침 울산 명소를 소개하는 소책자가 눈에 띄었다. 첫 페이지를 장식한 푸른 이미지에 이끌려 십리대숲으로 향했다.

입구에 들어서니 딴 세상이 펼쳐졌다. 왁자지껄한 결혼식장의 소음을 피해 순간 이동이라도 한 듯 고요한 세상이었다. 대나무 사이사이로 들어오는 빛, 빛의 움직임에 따라 시시각각 변하는 풍경을 놓치고 싶지 않았다. 인상주의 화가들도 이런 심정이었겠지. 숨을 죽이고 빛의 걸음걸음을 따라가노라면 순간순간이 화보가 되었다. 모네나 르누아르가 보았다면 당장 화폭에 담으려 탐을 냈으리라. 아름다운 자연의 순간을 포착하고 싶은 그들의 붓 터치가 빠르고 짧은 이유를 알 것 같았다.

조금 전만 해도 총출동한 상사들 눈치를 보며 주말에도 출근한 기분이었는데, 숲길을 따라 걷다 보니 마음에도 여유가 생겼다. 울산에서 결혼한 선배가 문득 고마웠다. 그 선배 덕에 생각지도 않은 숲을 만나게 되었으니.

도시에서 숲을 만날 줄이야. 울산은 일찍이 중화학공업의 중추로 자리매김한 곳이 아닌가? 지금도 산업 관광객이 끊이지 않을 정도이고. 도시와 숲, 언뜻 보기에는 전혀 어울리지 않는 두 단어. 영원히 평행선을 달리며 마주칠 일이 없을 것 같았다. 동전의 양면처럼 절대 교집합이 생기지 않을 것 같았다. 그런 두 가지가 조화를 이루고 있다니. 서로 상반된 이미지가 공존하는 것을 그때 나는 직접 보았다.

어쩌면 인간이 잘 다듬어 놓은 자연의 형태가 숲이 아닐까? 야생 그대로의 자연은 인간과 함께하기에는 거칠고 위험하다. 원석을 세공해 여인에게 딱 어울리는 장신구를 만들 듯, 자연도 인간과 잘 어우러질 수 있도록 정련하는 과정이 필요하겠지. 그 결과물이 바로 숲이고. 숲은 그 자체로 인간과 자연의 조화인 것이다.

인간의 삶은 숲과 함께한다. 엄마 그늘 아래 집 안에만 있다가 처음으로 여러 사람들과 어울리는 생활을 숲 유치원에서 경험하는 아이들도 많다. 도시락 들고 보물찾기에 열 올리던 소풍날의 추억도 숲이 만들어 준다. 숲 데이트는 그저 연인과 함께 걷는다는 것만으로도 설렘을 준다. 업무 스트레스로 머리가 아픈 직장인이 퇴근 후 잠시나마 숲길을 산책하며 숨통을 틔운다. 노년의 부부가 다정하게 손을 꼭 잡고 거니는 장면에 가장 잘 어울리는 장소도 숲이다.

이제 도시의 숲은 더 이상 생소한 존재가 아니다. 조화의 단계도 지나 숲은 도시에 꼭 필요한 존재가 되었다. 도시에 사는 인간은 숲을 찾고 숲은 인간을 부른다. 차가운 도시에서 받은 상처를 가만히 보듬어 주는 따뜻한 숲. 옆에 있으면 편안해지는 좋은 친구라도 만난 것처럼, 숲에 가면 저절로 긍정적 마인드의 소유자가 된다.

숲은 한 그릇의 숲(수프, soup)이다. 수프가 위장을 적시며 허기를 달래 주듯, 숲은 오감을 깨우며 지친 마음을 위로해 준다. 배가 헛헛할 때 수프를 마시듯, 마음이 허전할 때 숲을 마신다.

괴로운 일 있을 때 찾아갈 수 있는 곳. 엄마한테 일러바치듯, 나 오늘 이렇게 아프고 저렇게 힘들었다고 하소연해도 모두 들어주는 곳. 어른도 아이처럼 칭얼댈 수 있는 곳. 참았던 울음을 터뜨려도 흉보지 않는 곳. 바람과 하늘과 새들이 다독여 주는 곳. 숲은 그렇게 인간을 품어 준다. 넉넉하게 안아 주는 엄마 품처럼. 숲이 말한다. 다 괜찮을 거라고. 다행이다. 숲이 있어서.

모든 가정에 신이 있을 수 없어 어머니를 보낸 것이라는 말이 있다. 도시마다 숲이 있어야 할 이유다.

그 많던 점방은 다 어디로 갔을까

여름 길목에서 이태리를 만났다. 의욕에 가득 차 체력 따위는 고려하지 않고 짠 빡빡한 일정. 여독이 쌓인 탓에 TV 여행 프로그램에서나 보았던 유적들을 눈앞에서 직접 본다는 감격도 무뎌지던 터였다. 지친 몸이나 쉬어 가자며 관광지와는 한참 떨어진 곳에서 머물게 되었다. 동양인인 나를 안 보는 척하며 흘낏흘낏 쳐다보는 눈길들을 느낄 수 있을 정도로 관광객은 거의 없는, 본토박이들이 사는 조용한 마을이었다.

작은 광장이 있고, 그 한가운데 말을 타고 깃발을 흔드는 용맹한 남자의 동상이 자리해 있는 유럽의 평범한 마을 풍경이 꽤 이국적이라는 생각에 다다랐을 때, 문득 길을 따라

드문드문 자리 잡고 있는 작은 가게들에 눈길이 갔다.

가장 먼저 내 발길을 끈 곳은 '로베르토의 장난감 가게'
였다. 아담한 가게 미닫이문을 열자 문 위에 걸어 놓은 작
은 종에서 경쾌한 소리가 울렸다. 순간 반대편에서 유리
진열창을 닦고 있던 주인이 반색하며 다가왔다.

"본조르노!"

여행 책자에서 봐 둔 이태리어도 써먹을 겸, 내가 먼저
인사를 건넸다. 그러자 주인은 자신을 로베르토라고 소개
하고는, 직접 만들었다는 알밤같이 반들반들한 목각 인
형 장난감을 보여 주었다. 10대 때부터 나무를 깎아 조각
하는 것을 배웠다는 그는, 조각도 하고 작품도 파는 것이
즐겁다고 했다. 장난감 하나하나에 정성을 다한다는 사뭇
진지한 그의 말을 듣고 가게를 둘러보니, 장난감 가게가
아니라 조각 작품 전시회에 온 것 같았다. 한동안 그 마을
에 머물며 그 가게를 지날 때마다 충분히 깨끗해 보이는
데도 연신 물건, 아니 작품들을 조심스레 닦고 있는 그의
모습을 진열창 너머로 볼 수 있었다.

주인 여자의 호탕한 웃음소리가 인상적이던 젤라또집
도 기억에 남는다. 두 사람이 겨우 앉을 만한 간이 테이블

하나가 놓인 좁은 가게. 어찌 그리 많은 종류의 젤라또를 다 갖추고 있는지 신기할 정도였다. 영어가 서툰 주인 여자는 이태리어를 모르는 동양인 손님을 놓치지 않을까 하는 걱정 따위는 전혀 하지 않는 것 같았다. 간단한 영어와 적당한 눈치를 섞은 대화로 그녀가 자신만의 비법으로 매일 직접 젤라또를 만든다는 것을 알 수 있었고, 내가 원하는 맛의 젤라또도 사 먹었다. 그리고 그 마을에 머무는 동안 매일 그 가게에 들러 다양한 젤라또를 맛보았다. 그곳을 떠나는 날 주인 여자는 새로 개발한 젤라또라며 시식을 권했다. 나는 엄지를 치켜세웠다. 다음에 이 마을에 오면 꼭 이 신메뉴 젤라또를 먹으러 오겠노라는 말에 그녀는 유쾌한 배웅으로 화답했다.

평범한 식료품점도 여행자에게는 이색적인 구경거리였다. 동화 속 토끼가 먹을 법한 가늘고 푸른 싹이 삐죽삐죽 귀엽게 솟은 당근, 곰팡이를 잔뜩 뒤집어쓴 듯한 치즈, 야무지게 영근 알을 자랑하듯 툭툭 내밀고 있는 체리가 눈에 띄었다. 그리고 파스타의 본고장답게 갖가지 모양의 면이 한국보다 훨씬 저렴한 가격으로 진열대 위를 군림하고 있었고, 나는 그중 재미있게 생긴 푸실리 면을 하나 집었다. 계산대 앞에 서자 투박한 외모와는 다르게 섬세한 손길로 채소와 과일을 정리하고 있던 주인 남자가 일손을 놓고 달려왔다. 유럽 화폐가 유로화로 통합된 지 여러 해가 지났건만, 아직 이태리의 옛 화폐 리라로 표기된 가격표가 군데군데 붙어 있는 낡은 수첩을 보며, '최근에 생긴 가게는 아니겠구나.' 하는 생각이 들었다.

영화 속에서 막 튀어나온 듯한 잘생긴 청년이 단숨에 커피 한잔을 쭉 뽑아내던 카페. 메뉴판을 읽고 또 읽어도 '아이스 아메리카노'라는 평범한 음료를 찾을 수 없었다. 카페 주인에게 물어도 소용없었다. 할 수 없이 메뉴 추천을 부탁했다. 주인은 망설임 없이 에스프레소를 권했다. 이태리에서는 한여름에도 뜨거운 에스프레소를 마신다는 설명을 덧붙이면서. 자국 커피에 대한 자부심이 아이스 아메리카노 같은 외래 메뉴는 허락지 않는다는 듯 굵은 눈썹을 치켜올렸다. 여름에 맛본 뜨거운 에스프레소는 그야말로 이국의 별미였다.

문득 '점방(店房)'이란 단어가 생각났다. 옛날 할머니가 '점방'이라고 하시던, 동네 작은 가게들과 무척 닮은 이 가게

들은, 이태리 마을에서 내 어릴 적 살던 동네를 느끼게 했
다. 2020년대 전형적인 유럽의 마을과 1980년대 내가 살
던 한국의 동네. 전혀 접점이 없을 것 같은 둘 사이를 시
공간을 초월해 이어 준 것은 바로 '점방'이었다. 어릴 적
내가 살던 동네에도 길을 따라 아기자기한 '점방'들이 종
종 늘어서 있었다.

김이 모락모락 나는 만두 솥에 이끌려 분식집 앞에 서
면, 옆에서 끓고 있는 떡볶이가 먹고 싶어졌다. 그 집에서
는 100원어치 단위로 떡볶이를 팔았는데, 주머니 속 동전
을 긁어모아도 모자라 "60원어치도 되나요?" 하면, 주인
아주머니는 안 된다는 말 없이 기꺼이 떡볶이를 내주셨
다. 여름이면 만두나 떡볶이 못지않게 팥빙수가 인기 메
뉴였다. 주인아저씨가 수동식 제빙기를 맷돌처럼 슥슥 돌
리면 커다란 얼음이 눈처럼 부서져 내리는 광경! 그 자체
로 지나가는 아이들의 눈과 걸음을 붙잡는 신기한 볼거리
였다.

분식집 옆에는 방앗간이 있었다. 크고 무섭게 생긴 기
계들이 울뚝불뚝 서 있던 그곳은 조금만 지켜보면 이내
눈을 뗄 수 없는 놀이동산으로 변했다. 마른 고추가 고춧

가루로 변신해 미끄럼틀을 타듯 내려오는 모습이라든가, 원통형의 기다란 관을 통해 하얀 가래떡이 뽑아져 나오는 것을 보고 있으면, 마치 기계 뒤편에 요정들이 숨어 요술을 부리고 있는 것 같았다.

방앗간 앞 조그만 슈퍼에는 부지런한 주인 할머니가 계셨다. 매일 아침 가게 앞을 쓸고 닦고 총채로 먼지를 떨어 가게 안 물건들에는 먼지 한 톨 앉을 새가 없었다. 우산 모양의 초콜릿과 홀쭉하고 뚱뚱한 두 가지 모양의 어포, 색색의 별 모양을 한 사탕들, 작은 빨대를 빨면 새콤달콤한 것이 쭉 나오는 대롱 과자, 끓이지 않고 부숴 먹는 라면 모양의 과자…. 깔끔한 주인 덕에 가게 안의 모든 물건들은 말끔한 모습으로 손님을 맞이했다.

동네 이름을 딴 중국집은 친구 아버지가 운영하시던 곳이었다. 하얀 몸통에 항아리처럼 배가 부르다가 위로 갈수록 날씬해져 빨간 뚜껑으로 막아 놓은, 지금은 보기 힘든 옛날식 식초병과 간장병, 그리고 작은 숟가락이 꽂혀 있는 은색 고춧가루 통이 테이블마다 나란히 정렬되어 있었다. 우리가 놀러가면 친구 아버지께서 직접 면을 뽑아 만든 짜장면을 한 그릇씩 주시곤 했다.

점방은 작지만 그 점방 주인들은 결코 작고 하찮은 사람들이 아니었다. 그들은 자신만의 경영 노하우를 가지고 있었고, 자신의 가치관과 철학을 바탕으로 점방을 꾸려 나갔다. 가게 안팎을 정성스레 가꾸고, 열심히 일하고, 그렇게 번 돈으로 자식들을 먹이고 입히고 가르치던 그들. 그들에게 점방은 단순한 일터이기만 한 것은 아니었다. '내 가게'라는 자부심이 있었기에 그들의 점방은 인생과 꿈이 담긴 빛나는 공간이었다.

최근 어릴 적 살던 동네에 들른 적이 있다. 그 옛날 모습이 그대로 남아 있을 거라는 기대는 아예 하지도 않았지만, 어떻게 변했을까 하는 설렘도 없지는 않았다.

그런데 막상 그 동네와 마주한 순간, 만나지 않았으면 더 좋았을 첫사랑과 마주친 기분이 들었다. 몇십 년 세월 탓만 하기에는 너무나 많은 것들이 근본적으로 바뀌어 있었다. 마치 전혀 딴 세상처럼.

연신 땀을 닦아 내면서도 씩씩하게 제빙기를 돌리던 아저씨네 분식집은, 참새들처럼 나란히 앉아 방앗간 기계를 구경하는 아이들에게 떡 한 조각씩 쥐어 주시던 아주머니네 방앗간은, 계산대 옆 난로에 군밤을 구워 드시다가 하나 먹어 보라며 건네시던 할머니네 슈퍼는, 마술 쇼를 하듯 밀가루 덩어리를 탕탕 쳐서 줄였다 늘렸다 하며 면을 뽑아 내시던 친구네 아버지의 중국집은 다 어디로 갔을까?

온데간데없는 내 어릴 적 추억을 다 어디로 가져갔냐고 따지고 싶은 마음을 눌러 가며 찬찬히 주위를 둘러보았다. '점방'들이 떠나간 자리에는 익숙한 간판들이 빼곡히 들어차 있었다. 빵집과 편의점, 치킨집과 아이스크림집들은 지금 내가 사는 동네에서도, 아니 전국 어디에서도 볼 수 있는 똑같은 가게들, 바로 프랜차이즈 체인점들이었다.

내가 주인이지만 주인이 아니기도 한, 애매한 가게. 주인이라고 해서 직접 만든 신메뉴를 마음대로 선보일 수도 없고, 취향대로 인테리어를 해 보일 수도 없는 곳.

'아저씨 가게', '아주머니 가게', '할머니 가게'인 동네 '점방'들은 점점 사라지고, 주인인 듯 주인 아닌 점주들은 '프랜차이즈 회장님 가게'에서 일하고 있다. 대기업 중심의 경제 구조에서 소상공인들이 발 붙일 곳이 없다고 아우성이다.

'아저씨 가게', '아주머니 가게', '할머니 가게'와 '회장님 가게'

가 서로 같이 살면 좋겠다. 누구든지 일찍 일어나 가게 문을 열고 친절하게 손님을 맞이하고 열심히 장사를 하면 그대로 돌려받는 세상이면 좋겠다.

장인 정신으로 조각하는 미켈란젤로의 후예가 있던 장난감 가게, 주인 여자가 연신 흥얼거리던 콧노래가 목청 좋은 곤돌라 뱃사공이 뽑아내는 '오 솔레미오' 가락만큼이나 흥겹던 젤라또집, 사라진 화폐의 흔적이 남아 있던 식료품점, 에스프레소 한잔에 무한한 자신감을 담아 주는 바리스타가 있던 카페는 80년대 우리 동네 점방들과 참 많이 닮아 있었다.

작건 크건 내가 주인인 가게에서 내 자식을 키우듯 가게를 꾸려 나가던 점방 주인들을 다시 만나고 싶다. 주인장의 고집과 개성이 그대로 묻어나던 그 옛날의 점방들이 다시 돌아오는 날을 고대해 본다.